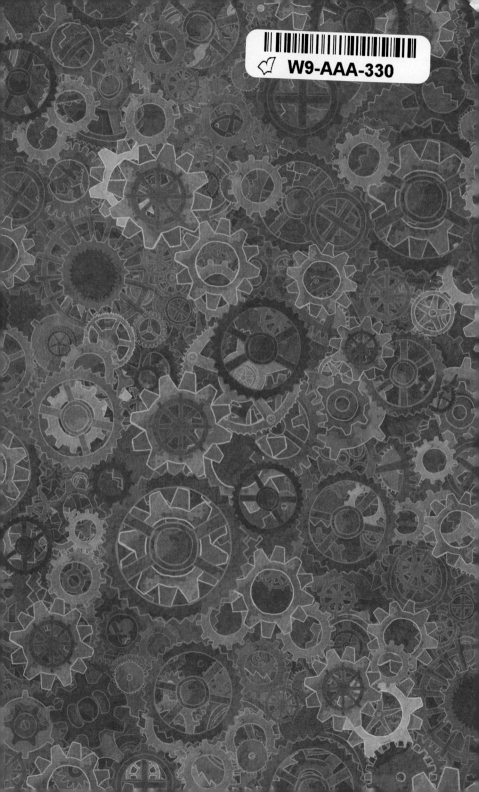

La balada
de los
unicornios

1.ª edición: septiembre de 2018

© Del texto: Ledicia Costas, 2018
© De las ilustraciones: Mónica Armiño, 2018
© Grupo Anaya, S. A., 2018
Juan Ignacio Luca de Tena, 15. 28027 Madrid
www.anayainfantilyjuvenil.com
e-mail: anayainfantilyjuvenil@anaya.es

ISBN: 978-84-698-4733-6
Depósito legal: M-20335-2018
Impreso en España - Printed in Spain

Las normas ortográficas seguidas son las
establecidas por la Real Academia Española en la
Ortografía de la lengua española, publicada en el año 2010.

PAPEL DE FIBRA
CERTIFICADO

Ledicia Costas

La balada
de los
unicornios

Ilustraciones de
Mónica Armiño

Índice

Capítulo I

tubo de escape
asiento
eje central
rueda trasera
pedalear
rueda
sidecar
monoplaza
delantera
neumáticas

La Escuela de Artefactos
y Oficios

Ágata McLeod pedaleaba sin descanso por las calles del centro de la ciudad. El corazón le golpeaba en el pecho sin darle tregua.

—¡Más rápido, más rápido, más rápido! —repetía furiosa, concentrada en que sus piernas aumentasen el ritmo.

El velocípedo de Ágata era una máquina única. Lo había construido con sus propias manos, y no existía otro igual en toda la ciudad de Londres. Estaba fabricado con un material dorado muy ligero que había forjado en su tiempo libre. La rueda delantera era mucho más grande que la trasera y parecía el ingenio mecánico de un equilibrista. Había elegido unos neumáticos de color crema porque le pareció que el contraste con el dorado era elegante, casi

7

distinguido. En el eje central de la rueda mayor sobresalía un motor artesanal compuesto por turbinas, ruedas dentadas y poleas, y un tubo de escape doble con forma de trompeta. Pero lo que más llamaba la atención del velocípedo era el hermoso sidecar monoplaza repujado con escamas, imitando la concha de una tortuga. Normalmente viajaba sin él, pero se había visto obligada a montarlo a toda prisa antes de salir de su escondite secreto. Estaba provisto de un cómodo asiento forrado de terciopelo violeta. En él viajaba Tic-Tac, el robot de Ágata.

—¡Dale más fuerte, que ya falta poco! —la animó él.

—Eso intento, pero no hay manera.

Hizo un esfuerzo final empleando la energía que le quedaba, y por las bocas de los tubos de escape asomaron varias lenguas de fuego. El motor rugió y todas las poleas y engranajes se pusieron en funcionamiento.

—Quién me mandaría a mí diseñar así esta máquina —protestó Ágata, asfixiada por el cansancio.

—Dijiste que querías estar en forma y que solo usarías el motor en caso de urgencia extrema.

—Ya sé lo que dije —contestó ella, quitándose las gafas binoculares para secarse el sudor—. Eso no me consuela. Maldito el día en que decidí que quería estar en forma.

—¡No digas eso, Ágata! —le riñó Tic-Tac—. Tienes unas piernas atléticas que ya quisiera yo.

Ágata condujo a toda velocidad, esquivando motocicletas de tres ruedas, automóviles de diseño de brillantes carrocerías con toques retrofuturistas e incluso algún coche de caballos. Estuvo a punto de golpear un coche-casa. Era una preciosa vivienda victoriana construida sobre una antigua locomotora. Ágata siempre había admirado los coches-casa.

Le parecía fantástico viajar alrededor del mundo con la vivienda a cuestas.

—Mocosa, ¿pero no ves por dónde vas o qué? —le gritó el maquinista, sacando la cabeza por la ventana.

Ella aceleró y continuó como si estuviese practicando eslalon en una pista de esquí.

—¡Menuda conductora más agresiva! Qué mareo —protestó Tic-Tac.

—Menos cuento. Eres un robot, no te puedes marear.

—¡Un robot más humano que muchas personas! —replicó él fingiendo sentirse ofendido—. No tienes corazón.

En otras circunstancias a Ágata le habría hecho gracia el comentario de su querido Tic-Tac. Sin embargo, en esta ocasión no tenía tiempo para eso. Había algo muy importante que requería toda su atención. Bordeó el imponente palacio y la abadía de Wendy. Sus estilizadas torres apuntaban hacia el cielo con tal contundencia que, a veces, Ágata jugaba a imaginar que estaban cazando las nubes más grandes. De pequeña pensaba que el cielo estaba lleno de agujeros invisibles por culpa de esas torres, que lo perforaban constantemente. Pero ahora defendía la teoría de la caza de las nubes. En el mercado negro, unos estratocúmulos de grandes dimensiones podrían alcanzar un precio considerable. Los magos de la zona estaban dispuestos a pagar sumas elevadísimas.

—Fíjate en esos cúmulos, Tic-Tac. Estoy segura de que la torre del reloj está preparada para darles caza con su pináculo —le había dicho la tarde anterior.

—Creo que es cosa de la Reina Albina. He oído que almacena nubes en una de las estancias secretas del palacio. Tal vez las amasen para extraer agua del cielo o alguna otra sustancia con poderes mágicos. Yo creo que Wendy se alimenta de esa agua. Por eso tiene la piel tan clara. Es casi transparente —le había contestado Tic-Tac, buscando alguna explicación.

Wendy, la Reina Albina, gobernaba el país desde hacía tres décadas. Era una mujer justa, misteriosa y de corazón caliente, que miraba por los suyos.

A Ágata, el palacio le hacía sentirse minúscula. Su arquitectura dorada de estilo neogótico la intimidaba. En la ciudad circulaban especulaciones de todo tipo. Los misterios que envolvían el palacio y la abadía daban pie a todo tipo de comentarios. Entre otras cosas, afirmaban que Wendy jamás había mostrado su rostro a la luz del día porque era hija de la noche. Nada más lejos de la realidad.

Ágata bordeó el palacio y prosiguió su camino hasta llegar a la Escuela de Artefactos y Oficios. Aparcó la bicicleta motorizada junto al portalón principal, cogió a Tic-Tac en brazos para sacarlo del sidecar y entraron en el recinto.

—¿Estoy presentable? —le preguntó alisándose la ropa.

Llevaba unos pantalones bombachos y un chaleco a juego, de rayas blancas y grises, una blusa de encaje con grandes mangas de farol, botas de cordones con el tacón dorado y un casco con gafas binoculares, que sería más apropiado para una aviadora. El robot la miró fijamente sin detenerse.

—Has olvidado quitarte el casco —le advirtió—. Por lo demás estás perfecta. ¿Y yo?

Ágata lo miró con una sonrisa. Tic-Tac era su gran creación, el invento que en la escuela le había proporcionado la categoría de Semigenio. Su cuerpo era en realidad un reloj de cuerda con forma de corazón. Las extremidades superiores acababan en dos tenazas y las inferiores llevaban integradas dos ruedas, una por cada pie. Tic-Tac no caminaba, rodaba. Eso le acarreaba ciertas dificultades. Las calles no estaban diseñadas para ninguna persona o máquina que se saliese de la norma.

En la Escuela de Artefactos y Oficios, hasta un estudiante de primer curso podía construir un robot. Pero un robot autosuficiente y con una inteligencia como la de Tic-Tac, no. Eso estaba reservado tan solo para las mentes más brillantes.

Descripción

El edificio de la Escuela de Artefactos y Oficios tenía más de ciento cincuenta años de antigüedad. Era una joya. Su arquitecto estaba obsesionado con el mar y lo había diseñado imaginando el fondo marino. Algunas estancias, como el salón principal, recreaban el interior de una ballena; era como penetrar en la boca de un enorme cetáceo y acomodarse en una de sus cavidades. Cada uno de los materiales con los que había sido construida la prestigiosa institución, desde la madera de las contraventanas hasta los azulejos de algunos de los espacios interiores o las baldosas del patio, tenían formas ondulantes y habían sido elegidos con sumo cuidado. Bien por su brillo, por las texturas o por los colores. Todo llevaba a pensar en grandes olas rizadas, en espuma de mar, en algas balanceándose con movimientos envolventes. En la calma oceánica, en esa sensación irreal de tiempo suspendido. Dentro del edificio no existía ni una sola línea recta y olía a sal en cada esquina.

El arquitecto se esfumó poco después de terminar la obra y lo dieron por muerto. Se rumoreaba que se había embarcado en búsqueda de una ballena blanca porque necesitaba verla por dentro, saber lo que se sentía en el interior de esas maravillosas criaturas. Nunca más se supo nada de él. Como si su obsesión lo hubiese conducido a la muerte.

hubiera

Ágata ayudó a Tic-Tac a subir la escalinata de granito rosado, hasta llegar a la puerta principal que daba acceso al edificio.

—¿Preparado?

—Eres tú quien tiene que estar preparada, amiga. Venga, entremos. Todo irá bien —quiso tranquilizarla.

En el imponente recibidor de la escuela estaba la recepción. Allí pasaba la mayor parte del tiempo Ofelia, la gobernanta de la institución. En esa estancia, las paredes estaban revestidas con la técnica del trencadís. Se trataba de un gran mosaico realizado manualmente con fragmentos de cerámicas, en este caso todas ellas con distintas tonalidades de azul. Las baldosas del suelo, cortadas en forma de círculo, eran de color arena. Por toda la escuela había distintas esculturas de seres mitológicos, que además de obras de arte funcionaban como puntos de información. La escultura del recibidor representaba al Leviatán. El monstruo marino sostenía en sus garras delanteras una placa de mármol con la siguiente leyenda:

Querido visitante:
Bienvenido a la Escuela de Artefactos y Oficios. Aquí se
encuentra la entrada a este océano de sabiduría. Que las
criaturas que habitan este mar repleto de misterios te
sirvan de inspiración. ¡Feliz travesía!

Ofelia recibió a Ágata con su seriedad habitual. Llevaba un voluminoso vestido negro con volantes en la falda. Iba peinada con un moño severo, tirante como su carácter. El único adorno de color en todo su atuendo eran los ojos rojos de la araña de su camafeo. Lo llevaba prendido en la tela del vestido, a la altura del pecho.

Ropa de Ofelia

Ágata se armó de valor, cogió aire y habló:

—Buenos días, gobernanta. Vengo a visitar a León.

—Buenos días, señorita McLeod. ¿Tiene permiso de la directora?

—Tengo algo más importante que el permiso de la directora —apuntó mientras sacaba una carta del bolsillo de su chaleco—. He recibido esta carta del propio León solicitando verme. La encontré ayer en mi cuarto. Alguien la metió por debajo de la puerta.

Ofelia negó con la cabeza.

—Eso es como no tener nada —dijo con cierto desprecio.

Ágata se contuvo para no darle la respuesta que se merecía. Era verdad que León no le había enviado ninguna carta. La nota que acababa de mostrarle a Ofelia era falsa. Ella sabía que León necesitaba verla gracias a algo más complejo. Ágata tenía en su espalda un tatuaje nada convencional. Era como una ilustración dinámica que de cuando en cuando le facilitaba información sobre las personas que de una manera u otra afectaban a su vida. Unas horas antes había percibido que el tatuaje estaba cambiando de forma brusca. Podía sentir la tinta corriendo por debajo de su piel, haciéndole cosquillas. Se desnudó delante del espejo y lo vio con sus propios ojos: allí, en su espalda, estaba León, tumbado en su cama. Parecía cansado y enfermo. Pero eso no se lo quería revelar a Ofelia. Por ese motivo había ideado lo de la carta.

—En esta carta León me comunica que está enfermo y que necesita verme con urgencia —insistió Ágata, siguiendo con su plan—. ¿No es eso suficiente autorización? Es mi mejor amigo y no sé lo que le pasa.

—Ya conoce las normas —sentenció la mujer, sin dar opción a réplica—: no está permitido entrar en las habitaciones de otros compañeros. ¿Puedo ayudarla en alguna otra cosa?

|«Me gustaría retorcerle el pescuezo hasta hacerla suplicar por su propia vida». Solían asaltarle pensamientos de esa clase cada vez que hablaba con la gobernanta. Era la persona más regia, desagradable y antipática que conocía. Después de la directora, claro. Formaban una extraña pareja. De hecho, la relación que su tía mantenía con la gobernanta estaba rodeada de rumores desde hacía muchos años.

—En ese caso me gustaría poder hablar con la directora de la escuela. —Ágata cambió de táctica, haciendo un verdadero esfuerzo por parecer amable.

—Lo siento, pero la señora directora no está disponible en estos momentos.

—¿Y cuándo podré hablar con ella?

—No puedo contestar a esa pregunta. Usted debería saber mejor que yo que es una mujer muy ocupada.

Ofelia tenía la habilidad de hacerle perder los estribos. La conocía desde los tres años, y ya por aquel entonces actuaba con ella como si fuese un iceberg solitario en el medio del Ártico.

—¿Puede comprender que León me necesita? ¿Es que no sabe lo que es la compasión? —añadió en un último intento de hacerla entrar en razón.

—Si no quiere nada más, tengo mucho que hacer. No dispongo de tiempo para enredarme en una discusión que no lleva a ninguna parte —contestó la gobernanta sin inmutarse.

—Muy bien. Entonces me veré obligada a acudir a la vía extraoficial —se encaró Ágata.

Odiaba usar sus privilegios. Jamás lo hacía. Su tía tampoco se lo habría consentido. Ser la sobrina de la directora de la escuela tenía más desventajas que oportunidades. Si fuese una alumna más, hace mucho tiempo que la habrían ascendido a la categoría de Genio. Pero Cornelia no lo permitía.

—No le servirá de nada —le advirtió Ofelia.

—Eso lo veremos.

Ágata masticó esas últimas palabras, desafiando a aquella odiosa mujer con la mirada.

—Esos modales serán su propia ruina —la amenazó la gobernanta—. Yo misma informaré de esto a la señora Cornelia.

—No me cabe duda. Ya sé que ustedes congenian bien. Sobre todo en lo referente a las artes oscuras.

El rostro de la gobernanta se encendió en el acto. Tic-Tac tiró de un trozo de tela de los bombachos de Ágata, reclamando su atención. Era mejor parar aquella conversación que empezaba a tomar un cariz peligroso. Ella no le prestó atención. Siguió retando a Ofelia, con la mirada clavada en aquellos ojos negros como el alma de un cuervo.

—¿Qué está insinuando, señorita Ágata? —le preguntó la gobernanta, con suspicacia.

Por fin, Ofelia la imperturbable manifestaba su malestar. ¿Te estás poniendo nerviosa, eh, Ofelia?

—Muy sencillo —prosiguió Ágata, cogiendo confianza a medida que hablaba—. Usted me permite acceder al cuarto donde tienen a León y yo no abriré la boca. De lo contrario, no dudaré en revelar la verdad. Yo misma me encargaré de que todo el alumnado de esta escuela sepa que usted y mi tía practican magia negra. Esa información no tardará en llegar a los oídos de Wendy y empezarán a tener graves problemas.

—Me las pagarás —escupió la gobernanta—. Algún día, todas juntas.

15

Acto seguido, la mujer cogió del armario la llave de la habitación de León y se la tendió a Ágata de mala gana.

—Cuarto 17, tercera planta, ala sur.

—Conozco de sobra la disposición de los cuartos. Me crie aquí, Ofelia —respondió Ágata arrancándole la llave de la mano—. Y no soy yo, sino usted, quien las va a pagar todas juntas.

—Vigila a tu saco de chatarra, no vaya a ser que desaparezca en un despiste —le advirtió la gobernanta, tuteándola de manera deliberada.

—El destino es cruel con las personas sin corazón, Ofelia. Tic-Tac tiene uno muy grande, usted carece de él.

Agarró al robot de una de sus tenazas y fue hacia el ascensor.

—Esa mujer quiere desconectarme y freírme —se lamentó Tic-Tac.

Ofelia lo odiaba casi tanto como a su creadora.

—Tranquilo, amigo, no se atreverá a tocarte.

Pero no podía estar segura de eso. Ignoraba hasta dónde sería capaz de llegar la imperturbable Ofelia para hacerle daño. Sintió un frío muy intenso que la hizo estremecer. Se había criado rodeada de odio, y el odio no era nada bueno.

Capítulo II

La Caverna de los Escarabajos

Una luz fría y fantasmal brillaba en el interior de la gruta. La cueva parecía vomitar jirones de niebla. Cualquiera que consiguiese llegar hasta aquel lugar pensaría que ese era el punto exacto donde se fabricaban las masas de nubes bajas que envolvían el bosque. Pero el acceso a la Caverna de los Escarabajos estaba vetado para todos excepto para el ermitaño, a quien no le gustaba nada recordar la vida antes de la caverna. Era demasiado doloroso.

La tarde anterior, una aeronave se había acercado peligrosamente a las inmediaciones de la cueva. No era la primera vez que sucedía, ni sería la última. El ermitaño, tan pronto como escuchó el sonido del motor y de las hélices, se puso en guardia. Con la ayuda de su bastón se encaramó a unas piedras que formaban una escalera natural y se acercó lo máximo posible al techo. Tenía una agilidad impresionante, impropia de un hombre de su edad. Frotó las puntas de sus bigotes, amarilleados por los años y por la falta de higiene, y aguardó a escuchar un cambio en el ruido del motor. Sucedió cuando la aeronave atravesó el escollo, un bache que había en el cielo, a unos doscientos metros de distancia. En ese momento el ermitaño dibujó tres puntos en el techo con su dedo índice.

—Ya estás casi aquí. Esta vez conseguiré hacer un triángulo equilátero perfecto —susurró, intentando ser lo más preciso posible.

Los tres puntos se iluminaron casi en el acto con un potente brillo azul. A continuación, de cada uno de ellos surgió un escarabajo. Sucedió en un instante: los puntos de luz fueron tomando consistencia pasando de un estado a otro, y después de hacer ¡plop!, nacieron los insectos. Los escarabajos comenzaron a correr por las líneas imaginarias del triángulo, y su luz fue ganando intensidad. Era como si estuviesen programados para desempeñar esa función. A medida que recorrían los segmentos, la luz aumentaba de potencia.

Consciente de lo estaba a punto de suceder, el ermitaño esperó con todos sus músculos en tensión y con los oídos bien atentos. Un sonido semejante a *gurlpppsss* llegó desde el exterior y lo hizo regodearse de alegría.

—¡Hasta nunca, aeronave! —se despidió levantando los brazos en un gesto de triunfo, enorgulleciéndose de su propio éxito.

Con una sonrisa pícara, cogió los escarabajos, los introdujo en el bolsillo de su harapienta casaca y bajó de las rocas. El triángulo de luz desapareció del techo.

Fuera de la cueva, la niebla dominaba el paisaje. Ya no se escuchaba el rugir de los motores ni de las hélices de la aeronave. Acababa de tragársela aquel triángulo de energía que había aparecido en el cielo escasos segundos atrás. Eso fue lo último que había visto el piloto: un gran triángulo de luz azul que lo atraía con una fuerza irresistible. Luego perdió el control de la aeronave y fue engullido en el acto.

Treinta y siete años antes, un afamado científico había bautizado aquel extraño fenómeno con el nombre del Triángulo de los Coleópteros. Docenas de aeronaves habían desaparecido en aquel punto. Nadie podía explicar semejante misterio, a pesar de que cada cierto tiempo salían a la luz teorías de todo tipo. Las autoridades de la ciudad desaconsejaban el tránsito por aquel espacio aéreo donde no era posible garantizar la seguridad. Pero siempre había algún intrépido explorador dispuesto a encontrar la Cueva de los Escarabajos. Todos, sin excepción, perdían la vida en aquella empresa, algo que satisfacía profundamente al ermitaño.

La Cueva de los Escarabajos albergaba la vida y la muerte desde el principio de los tiempos. Las paredes de piedra rezumaban agua y estaban cubiertas de sábanas de musgo y otras plantas que vivían cómodas en los ambientes húmedos. Y en el suelo, el gran secreto de la cueva. Allí correteaban miles de escarabajos de diferentes especies, que emitían un peculiar sonido mecánico. Los engranajes y rodamientos que componían sus cuerpos estaban siempre en continuo movimiento. Todos llevaban integrado en el vientre un motor que los mantenía con vida. Vida mecánica, sí. Pero vida, al fin y al cabo.

El ermitaño se acercó a un escarabajo que parecía un rinoceronte en miniatura. El tamaño de aquel ejemplar era considerable. Tenía un cuerno en la cabeza que lo hacía destacar sobre el resto de sus congéneres.

—Ha llegado tu hora —anunció el ermitaño con un leve asomo de tristeza, acariciando el cuerno del escarabajo rinoceronte.

Con el contacto del viejo, la criatura empezó a emitir una débil luz azul. No era el único que brillaba. Todos los que estaban a punto de morir proyectaban aquella luz hipnótica. Unos con más intensidad que otros, dependiendo de la cercanía de su muerte. De repente, a pocos metros del rinoceronte, un escarabajo rayado que brillaba con la fuerza de una estrella entró en combustión. El ermitaño se acercó, recogió los restos incandescentes y se los metió en la boca. Los degustó con los ojos cerrados.

—Delicioso —se limitó a decir.

Después se limpió la boca con la manga, se ajustó la capa vieja que llevaba por encima de la casaca y echó a andar hacia lo más profundo de la caverna, con cuidado de no pisar a ninguno de sus hijos.

Capítulo III

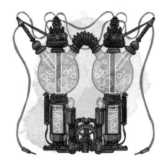

El mágico León

León descansaba en una cama de hierro forjado. Las paredes de la habitación estaban decoradas con un papel azul celeste con galeones, buques y otro tipo de barcos pintados a mano en color blanco. Los techos eran bajos y de madera. En el medio colgaba una lámpara en forma de pulpo, y de cada uno de los tentáculos pendía un punto de luz. El muchacho estaba muy pálido y sus ojos verdes habían perdido esa chispa. Siempre brillaban como si acabase de tener una idea genial. Alguna vez Ágata había llegado a pensar que era genético. No había visto ese brillo en ninguna otra parte, excepto en los ojos de su hermano Nuno. Ágata observó su cabello rubio despeinado cayéndole sobre la frente, la barba que asomaba cuando llevaba sin afeitarse varios días y el rostro demacrado y ojeroso.

Permanecía conectado a una máquina compuesta por dos tanques de cristal sobre un soporte de bronce, con vías en ambos brazos. La sangre fluía desde la vía de su brazo derecho hasta uno de los tanques de cristal. En ese recipiente era centrifugada a gran velocidad para extraer un líquido rosado que se filtraba a la segunda cubeta. Luego devolvían la sangre limpia al cuerpo de León a través de la vía de su brazo izquierdo.

—¡León! ¿Pero qué están haciendo contigo? —exclamó Ágata, horrorizada, abrazándolo en un impulso de protegerlo.

Él abrió los ojos y sonrió débilmente.

—Ágata, ¿estás abrazándome? —murmuró—. Cuidado, no vaya a ser que me cojas más cariño del aconsejable.

Ella, por una vez, no replicó. León la retaba a cada paso de un modo que le gustaba y enfadaba en igual medida. Se sentó a su lado, le apartó la melena con dulzura y le puso la mano en la frente. Sin querer, la preocupación ensombreció su rostro. Quiso disimular, pero para qué. Su cara la delataba, siempre la delataba.

—Estás ardiendo —susurró.

La antena que coronaba la cabeza de Tic-Tac comenzó a girar. Pestañeó varias veces con su peculiar ritmo retardado, calculando la temperatura corporal del chico.

—40,3 grados —informó.

León le mostró a Ágata las palmas de sus manos. Emitían un perturbador brillo azulado.

—La cuenta atrás ya ha empezado —señaló él.

No podía ser verdad. Él no. Sabía que estaba enfermo, pero imposible imaginar que fuese tan grave. El brillo azul significaba que la muerte estaba cerca. León era demasiado importante para ella, no podía perderlo. Sintió un ligero mareo. Tenía la boca seca y había empezado a sudar. Eso no impidió que aflorase su temperamento. Esa garra siempre la ayudaba a salir adelante en situaciones límite, como aquella.

—¡De eso nada, León! No quiero escucharte hablar así. Encontraré la manera de parar esto. Localizaré la Cueva de los Escarabajos y convenceré al ermitaño para que te conceda un indulto. Haré lo que sea necesario, ¿entiendes? ¡Lo que sea!

Él intentó sonreír, pero su boca se retorció en un gesto ácido.

—Todos los que consiguen acercarse a la cueva desaparecen para siempre.

Eso era cierto. Docenas de aeronaves habían desaparecido en los últimos años en las proximidades de la zona donde sospechaban que se ocultaba la cueva. Ágata guardó silencio y dedicó unos segundos a imaginar la vida sin León. Sintió como si una mano le agarrase sus pulmones y tirase de ellos para arrancárselos. El brillo azul era el final. Empezaba por las manos y poco a poco se iba extendiendo por todo el cuerpo hasta que el corazón dejaba de latir. Pero ¿por qué él?

—¿Qué está pasando, León? —le preguntó, recobrando la compostura—. Mi tía no tardará mucho en entrar por esa puerta. Necesito que me cuentes todo para hallar el modo de ayudarte.

Antes de que su amigo respondiese, se levantó y arrastró una cómoda para atrancar la puerta. Pesaba un mundo, tuvo que hacer un esfuerzo considerable. Luego volvió a sentarse junto a él, algo más tranquila.

—Esto es una solución momentánea, pero por lo menos ganaremos algo de tiempo antes de que aparezca esa mujer. Y ahora empieza a hablar, León.

—Lo logré, Ágata —le dijo con voz quebrada tanto por la emoción como por la pena—. He ascendido a la categoría de Genio.

Aquella confesión la dejó sin palabras. Eso significaba que había conseguido acabar el proyecto en el que llevaba tantos meses trabajando. Se suponía que nadie más que la directora podía conocer su contenido. Sin embargo, en la amistad entre Ágata y León no había esa clase de secretos. Era una forma de protegerse uno al otro. Sabían que el contrato de confidencialidad que les exigían firmar para matricularse en la escuela implicaba vivir a merced de la directora. Y eso era algo que Ágata no estaba dispuesta a consentir. Conocía demasiado bien a su tía como para permitir tal cosa.

—Probé mi diseño en un cadáver y ha funcionado —le explicó—. ¡He conseguido devolverle la vida, Ágata!

El diseño consistía en una suerte de órganos mecánicos que él mismo había fabricado, pieza a pieza. Pero ese ingenio no funcionaba sin más. Para activarse con éxito, una vez colocado en el cuerpo, necesitaba la magia de León.

—¿De quién era el cadáver al que le has devuelto la vida?

León la miró con amargura.

—Robaron el cadáver de una de las mujeres asesinadas en el distrito de Whitechapel y lo metieron en nuestros laboratorios. Yo no sabía que estaba experimentando con uno de esos cuerpos, Cornelia me engañó. Ayer me di cuenta de lo que estaba pasando, hablé con la directora y le dije que me negaba a continuar con el experimento. No soporto saber que la directora tiene tratos con ese hombre. Lo conoce, ¿entiendes? Es posible hasta que ella sepa la identidad de las víctimas antes de que ese miserable acabe con sus vidas. Me siento impotente, Ágata.

Ella tragó saliva. No entendía cómo era posible que aquel hombre siguiera suelto por las calles del East End, asesinando a placer. En los últimos tiempos, la afluencia de emigrantes irlandeses había provocado que la población se disparase en las principales ciudades inglesas. Enseguida se empezaron a percibir los estragos de la superpoblación. Las calles de Whitechapel eran un abismo por el que día y noche deambulaban docenas y docenas de personas sin trabajo y sin un futuro al que poder aferrarse. La violencia y el alcohol se habían convertido en el decorado habitual. En cada esquina había una mujer desesperada, dispuesta a ofrecer su cuerpo a cambio de unos peniques. El asesino no había podido escoger mejor el escenario para sus crímenes.

Ágata no dejaba de pensar en qué pasaría si fuesen hombres los que estuviesen siendo asesinados como reses en un matadero. A aquellas alturas ya lo habrían cogido, ¡seguro! Pero no eran hombres. Eran mujeres sin recursos que no le importaban a nadie. Las autoridades no se estaban esforzando lo suficiente y eso le producía una rabia insoportable. Pero ¿cómo era posible que la directora y su equipo hubieran conseguido hacerse con uno de esos cadáveres? Aquello era muy sórdido. Estaban yendo demasiado lejos.

León estiró los brazos, mostrándole las vías.

—Apenas un par de horas después de lograr devolverle la vida al cuerpo que robaron en Whitechapel, Cornelia dio orden de enchufarme a esta máquina. Es por mi magia, me la están extrayendo. Mi diseño no funciona sin ella. Así que me quitan sangre y la agitan en ese tanque a miles de revoluciones.

—Pero ¿para qué? No lo entiendo, León.

—Para separar la esencia que me proporciona los poderes. Quieren utilizar mi magia para experimentar con los cadáveres a su antojo. Por eso estoy enfermo. Sin magia no puedo vivir.

Ágata observó la máquina con atención. El segundo tanque, en el que filtraban el fluido rosado, tenía un grifo.

—Por la noche vienen a vaciar el tanque —continuó él—. Abren ese grifo y embotellan el fluido. No sé dónde lo guardan, por si estás pensando en poner la escuela patas arriba para encontrar el escondite.

León conocía muy bien a Ágata. Sabía hasta dónde era capaz de llegar con tal de proteger a los suyos.

—Esa bruja se va a arrepentir de haber nacido —le aseguró—. Voy a desconectarte de ese trasto infernal ahora mismo. Nos vamos de aquí. Encontraremos al ermitaño y le haremos comprender que tiene que salvarte la vida. Luego ya veremos.

—Las probabilidades de que logremos huir con León en ese estado son del 1,3 % —la atajó Tic-Tac, haciendo toda clase de cálculos estadísticos—. Eso sin contar con Nuno. En el caso de que tengamos que ir a por él, las probabilidades de éxito se reducen al 0,2 %.

Ágata bufó. Sabía que Tic-Tac tenía razón.

—¿Sabe Nuno que estás así? —le preguntó a León.

—Todavía no. De eso quería hablarte. Necesito que te lo lleves lejos de aquí. En cuanto me extraigan la última gota de magia y acaben conmigo, será el siguiente objetivo. Saben que tiene los mismos poderes que yo y van a intentar vaciarlo también a él. Necesitan la mayor cantidad de magia posible para seguir adelante con el proyecto. Hay algo que falla.

—¿Algo que falla? ¿Qué quieres decir?

—Cornelia está buscando obtener la fórmula de la inmortalidad. Por eso me utilizó en la mecánica de cuerpos. En realidad las mujeres son sus cobayas y yo un peón a su servicio. Pero el proyecto tiene una fisura. La mujer a la que logré devolverle la vida no tiene voluntad. Es como si estuviese vacía por dentro.

—Y eso a Cornelia no le sirve para nada.

—Exacto. La mecánica de cuerpos es una ciencia que requiere años de práctica. Con el tiempo sé que habría conseguido perfeccionar la técnica. Pero prefiero morir a continuar experimentando con el cuerpo de esas mujeres, ¿entiendes?

—¿Quieres dejar de hablar así, León? —Ágata no quería ser tan dura con él, pero no soportaba oírlo hablar de muerte—. No se va a morir nadie, ¿entiendes? Como te vuelva a escuchar decir algo semejante, la que va a acabar contigo soy yo, pero de una paliza.

De pronto, Ágata percibió un ligero movimiento por el rabillo del ojo. Giró la cabeza con suavidad y confirmó sus sospechas. Era una araña mecánica. Trepaba por la mesilla de noche, pendiente de la conversación. Estaba al acecho, no quería perderse ningún detalle. Sus ojos eran dos puntos rojos luminosos que brillaban con una intensidad estremecedora. Ágata saltó de la cama, la agarró y la estampó contra la pared sin darle la más mínima opción. El bicho emitió un extraño zumbido desde el suelo antes de apagarse.

—Están por todas partes —protestó Ágata, que no soportaba la presencia de las tarántulas—. Mi tía debe de andar cerca.

27

—Huye de aquí cuanto antes y llévate a mi hermano contigo, por favor —le suplicó León—. En el Planeta de los Niños lo acogerán. Allí estará a salvo.

El Planeta de los Niños había sido fundado por un matrimonio que llevaba décadas haciéndose cargo de los niños sin recursos, sin familia y, en la mayor parte de los casos, sin futuro. Eran buenas personas. Grandes, transparentes y sin intenciones ocultas. Nuno estaría con ellos mejor que en ninguna otra parte. Eso era incuestionable.

—Sin ti, Nuno no va a querer moverse de aquí. Y si lo llevo por la fuerza sin dejar que se despida, me odiará para siempre.

—De eso me encargo yo —le aseguró él—. Hablaré con la directora y le mostraré mis manos azules. Verá que mi muerte es inminente y le pediré que me traiga a Nuno, con la excusa de despedirme de él antes de que no me queden fuerzas para hacerlo. No podrá negarme algo así. Después, os marcharéis.

—¿Y si le pido ayuda a la Reina Albina? —le propuso Ágata—. Ya sé que es casi imposible que me conceda audiencia, pero se trata de una cuestión de vida o muerte. Ella es nuestra monarca, y su trabajo es atender los problemas de la ciudadanía.

—Ágata, seamos realistas —le pidió León—. ¿Qué vas a hacer? ¿Entrar en el palacio y enfrentarte a su escolta? No dejan pasar a nadie sin audiencia previa. Y las audiencias tardan semanas en ser concedidas. No tenemos tiempo para eso.

—Está bien —accedió, sintiéndose acorralada por la situación—. A la una de la madrugada iré al cuarto de Nuno, lo sacaré de esta maldita escuela y no me detendré hasta llegar al Planeta de los Niños. Pero luego iré en busca del ermitaño —le advirtió.

León no quería eso para Ágata. Exponerse de esa manera era una locura. Pero también sabía que cuando tomaba una decisión, no se detenía hasta lograr su objetivo.

—No tengo pensado abandonarte, ¿comprendes? No sin hacer todo lo que esté en mi mano para salvarte —le susurró al oído, abrazándolo con ternura como nunca antes lo había hecho.

—Si buscas al ermitaño, lo más probable es que muramos los dos —le contestó él.

—Merece la pena intentarlo, ¿no crees?

León la miró a los ojos. Su iris era un mecanismo compuesto por ruedas dentadas diminutas que estaban en continuo movimiento. Nunca había visto nada tan extraordinario como aquellos ojos. Había tanta magia en esa mirada...

—Una humana mecánica, un robot y dos hermanos de sangre mágica —murmuró él, prendido ante el espectáculo que eran los ojos de Ágata—. No sé cómo criaturas tan distintas pueden quererse tanto.

Ágata se ruborizó. Sabía lo que él quería decirle en realidad. Lo normal sería que le diese una respuesta airada y abandonase aquel cuarto sin volver la vista atrás. Que ignorase aquel comentario e hiciese como que no estaba entendiendo el mensaje. Así era ella. Dura por fuera para no sufrir por dentro. Pero era posible que no hubiera otra ocasión. Aquello era una despedida.

—León —pronunció su nombre en un susurro.

—Chsss, no digas nada —la interrumpió él—. Mírame como solo tú sabes y luego cumple tu promesa.

Ágata sonrió por primera vez desde que había llegado a la escuela. Sus piernas se convirtieron en plastilina. Tan blandas y vulnerables. León provocaba en ella una especie de cataclismo interior. Le había pedido que lo mirase porque sus ojos eran distintos al resto de todos los seres humanos. Estaban compuestos por engranajes y ruedas dentadas. El misterio de su visión mecánica llevaba acompañándola toda la vida. Los engranajes de sus ojos empezaron a fabricar lágrimas que crecían en los huecos de las ruedas dentadas, y a cada vuelta aumentaban de tamaño hasta desbordar. Él cogió una y la sostuvo en la yema del dedo índice:

—Si bebo tus lágrimas, me dolerá la barriga por la noche —comentó.

—La tristeza tiene patas de araña y crece —continuó Ágata.

—«Como también crecen los sueños, y la lluvia cuando cabalga escapando de su nube —recitaron los dos al mismo tiempo—. Y tú y yo, con nuestros cuentos de invierno y las sonrisas de los niños raros, que no comprenden el color de las lágrimas ni el sabor de la tristeza».

Aquel poema era lo único que calmaba a Nuno cuando lloraba desconsoladamente, sobre todo cuando era más pequeño.

—Volveré a por ti, León —le prometió Ágata, con la voz rota por la emoción.

Ojalá tuviese más tiempo. Quería abrazarlo hasta que le doliesen los brazos y así abrigarse del frío exterior, de la locura de la humanidad, de todas las cosas tristes que le quedaban por vivir. El futuro era el filo de una navaja.

—Siento interrumpir, pero detecto movimiento en las escaleras —les advirtió Tic-Tac—. Alguien se aproxima.

Ágata no necesitaba preguntar de quién se trataba. A aquellas alturas era más que probable que la gobernanta hubiera informado a su tía del enfrentamiento que habían tenido. Corrió hasta la puerta, separó la cómoda y abrió para comprobar que el pasillo estaba despejado.

—¡Vamos, Tic-Tac!

El robot levantó una de sus tenazas para despedirse de León.

—Nuestra misión tiene un 25 % de probabilidades de éxito —le informó—. Pero volveremos, a pesar de todo lo que tenemos en contra. Ágata no permitirá que te pase nada malo. ¡Es muy testaruda!

Tan pronto como salieron de la habitación, León cerró los ojos y se quedó dormido pensando en que, aunque solo fuese una vez, había estrechado a Ágata entre sus brazos.

En el corredor, Tic-Tac formuló una pregunta:

—¿Lo que acaba de suceder en el cuarto de León es lo que los humanos llamáis amor?

—El amor no sucede, amigo. El amor te mastica por dentro de una forma inexplicable.

El robot no comprendió la respuesta, pero tampoco insistió. Almacenó aquella frase en su ordenador pensando que tal vez algún día le podría resultar útil.

Capítulo IV

Cornelia, la mujer ártica

La noche cayó sobre la ciudad sin hacer ningún ruido. Esto era algo que Ágata no llegaba a comprender del todo. ¿Cómo era posible que algo tan rotundo como la oscuridad fuese capaz de irrumpir con un silencio tan estremecedor? Por supuesto que entendía toda la teoría sobre el movimiento de rotación y traslación. Pero para ella, la noche era una grieta, y las grietas sangran. El silencio no era posible. No con tanto dolor como sentía en aquellos momentos.

Las calles se vaciaron de automóviles de diseño, transeúntes e ilusiones. En aquel cielo negro nadie podría trazar palabras auténticas, como esperanza, vida o corazón. Con la puesta del sol, lo más recomendable era buscar un techo y desaparecer con el sigilo de los gatos. Sobre todo con los brutales asesinatos acaecidos en el distrito de Whitechapel en los últimos tiempos.

Las palabras de León se clavaban en su conciencia. No podía dejar de pensar en aquellas mujeres que frecuentaban barrios marginales y que habían sido estranguladas, degolladas y víctimas de una terrible mutilación abdominal. Algún sádico estaba dedicándose a extirparles los órganos como quien recoge la fruta madura de un árbol. Y por si eso fuera poco, Cornelia estaba buscando sus cadáveres para experimentar con ellos.

—Qué silencioso está todo —musitó Ágata, mirando fijamente la luna con cierto desasosiego. Su reloj de bolsillo marcaba las 00:37.

Aparcó el velocípedo en las inmediaciones de la escuela, se puso la capucha de su capa de terciopelo negro y echó a andar, tratando de confundirse con la noche. Tic-Tac rodaba a su lado. Se movían por la ciudad como dos furtivos. En el fondo a ella le gustaba aquella sensación. Era su estado natural. Siempre yendo a contracorriente, andando a escondidas, haciendo lo contrario de lo que su tía esperaba de ella. Esto no se lo iba a perdonar jamás. «Mejor así. Por fin le voy a dar motivos para que no vuelva a dirigirme la palabra». Era cierto que la había acogido desde niña y que le había proporcionado una magnífica educación. Pero eso no la convertía en su esclava.

La Escuela de Artefactos y Oficios, además de un peculiar centro de investigación, era también una residencia de estudiantes. Ágata vivía allí desde que tenía tres años, edad en la que Cornelia se había hecho cargo de ella. Sus padres, dos prestigiosos investigadores, emprendieron un viaje para realizar una misión de la que jamás habían regresado. Años después de su partida los dieron por muertos. Ágata sospechaba que su tía poseía información sobre lo que les había ocurrido a sus padres, pero se negaba a revelarle más datos. Ese era uno de los motivos por los que la relación con ella era tan difícil. La había interrogado en numerosas ocasiones y la respuesta siempre era idéntica: un frustrante silencio. La última vez que se encaró con ella le exigió una explicación. Cornelia pronunció una frase que avivó sus sospechas: «No estás preparada para conocer la verdad».

Entre las numerosas prohibiciones de la directora, estaba la de salir del recinto de la escuela después de las diez. Ágata nunca cumplía esa norma. Cada noche, salía a dar un paseo por la ciudad. El influjo de Cornelia, la vigilancia permanente de las arañas y la soledad que transmitían aquellas paredes era asfixiante. En cambio, el aire nocturno, la contundencia de la ciudad, la tranquilidad de las calles a aquellas horas, la relajaba. Todo ese conjunto la hacía sentir un poco más libre.

Después de la visita a León había ido a hacer tiempo al café de Rosamund. No soportaba esperar en la escuela a que él y Nuno se despidiesen. Necesitaba escaparse de allí y refugiarse en algún lugar mientras pasaban las horas. Aquel café era el único sitio de toda la ciudad donde servían su bebida favorita: té de burbujas con miel de ágave. Todos los lunes, miércoles y viernes un pianista tocaba en directo. A veces iba allí tan solo para olvidarse del mundo, pero en aquella ocasión no lo consiguió. En su cabeza solo había espacio para León, Nuno y la huida que estaba a punto de emprender.

Para acceder a la Escuela de Artefactos y Oficios existía una entrada principal y otra más discreta por la parte de atrás. Ágata tenía la llave de ambas, pero optó por dirigirse a la puerta trasera para no llamar la atención. Por la calle no había ni un alma, pero sospechaba que la entrada principal estaría infestada de las tarántulas de Cornelia y no quería más problemas de los que ya tenía.

—Está resultando todo demasiado sencillo —murmuró en voz baja, ya en el interior del edificio—. Esta calma no me gusta nada. Tic-Tac, presta mucha atención. Si percibes algún movimiento, avísame.

—Siempre lo hago —contestó él.

El cuarto de Nuno se encontraba en la primera planta, en el ala norte. Ágata conocía de memoria todos los pasillos, escaleras y escondrijos de aquel lugar. Los había recorrido cientos de veces y aquello le proporcionaba una gran ventaja. Aun así, no se fiaba. No en esta ocasión. Lo que iba a hacer era demasiado grave. Secuestrar a Nuno, ¿en qué estaba pensando? Su tía no se iba a detener hasta dar con su paradero. Si la cogía, le arrancaría el hígado de cuajo y se lo daría de comer a sus queridos cuervos como si fuese alpiste.

—Ágata, hay gente en los laboratorios —le advirtió Tic-Tac, interrumpiendo sus pensamientos. Sus circuitos internos comenzaron a emitir todo tipo de sonidos—. Son varias personas, por lo menos tres.

—Pero ¿qué pasa esta noche, que hay movimiento en todos los lados? Es casi la una de la madrugada. Tienen que tener entre manos algo muy gordo para estar trabajando a estas horas.

Los laboratorios estaban divididos en varios departamentos. Eran inmensos y ocupaban una planta entera, la menos uno. Así la llamaban. León y ella trabajaban en la sección destinada a los aspirantes a Genios. Eran varios compartimentos individuales donde cada alumno se dedicaba en cuerpo y alma a un experimento concreto. León estaba inmerso en la mecánica de los órganos. Era la disciplina mejor valorada en la escuela, y también la que menos le gustaba a Ágata. León tenía que lograr que aquellos corazones, pulmones y riñones mecánicos que construía desde que era un niño funcionasen en un cadáver. Y ahora que por fin lo había conseguido, después de tantas horas y tanto esfuerzo invertido, la directora decidía vaciarlo por dentro. Arrebatarle su magia, aquello que lo hacía tan especial. Conocía las malas artes de esa mujer, pero jamás había pensado que fuese capaz de llegar tan lejos. León era su mejor amigo y ella lo sabía.

—No es justo —murmuró con rabia, apretando los puños.

—Ignoro lo que estás pensando, pero tenemos que ir a por Nuno. Faltan tres minutos y diecisiete segundos para la hora que acordamos.

—A veces me olvido de que te programé para ser tan preciso como un reloj suizo. Algún día acabaré con ella, Tic-Tac —añadió.

Justo en ese momento, una araña dejó entrever la mitad de su cuerpo por debajo de una puerta y miró fijamente a Ágata y a Tic-Tac desde cierta distancia. El fulgor rojo de sus ojos se intensificó. Antes de que el robot tuviera tiempo de detectarla, se volvió a meter por la rendija. Segundos después, la puerta se abrió de par en par generando una corriente eléctrica.

—Buenas noches, Ágata. —La voz de la directora cayó como un jarro de agua fría.

—Buenas noches, señora Cornelia —contestó ella, sosteniéndole la mirada con una tranquilidad insólita, dada la situación.

Como si todo fuera normal y no estuviese a punto de sacar a Nuno de la escuela para llevárselo muy lejos. Trató de bloquear ese pensamiento y se concentró en los engranajes de sus ojos. Empezaron a moverse al instante. Siempre lo hacían cuando tenía delante a aquella mujer. Era una manera de marcar la diferencia. Ella no era una humana al uso. Una parte de sí misma era mecánica. Nadie le había explicado nunca el motivo. A veces tenía la sensación de que todas las cosas importantes de la vida estaban escondidas en el interior de un pozo oscuro. Vivir rodeada de tantas incógnitas no era fácil.

—¿Qué hora es, Ágata? —le preguntó Cornelia con una amabilidad sospechosa.

—Tic-Tac, ¿puedes contestar a la pregunta de la directora? Yo no tengo reloj.

—Son las doce p.m., cincuenta y nueve minutos y quince segundos —dijo él, con diligencia.

Cornelia se puso firme.

—¿Se puede saber qué haces a estas horas paseando con tu robot fuera de la escuela?

El tono de falsa amabilidad acababa de desaparecer de golpe. Eso era lo que estaba esperando Ágata. Odiaba las poses. La prefería así, al natural. Incisiva y fría.

—Pues eso, pasear. No podía dormir y, como usted no me permite salir del recinto de la escuela después de las diez, he decidido dar una vuelta por el edificio.

La directora acarició el emblema de la escuela: un cuervo que tenía bordado a la altura del pecho. Era la mujer más elegante y sofisticada que Ágata había conocido. Casi siempre iba de negro, como ese día. «El negro es rigor», solía afirmar. Llevaba un corpiño de raso sobre una blusa blanca con botones forrados de fieltro negro y grandes mangas, infladas como globos aerostáticos. La falda tenía mucho volumen, sin llegar a resultar excesiva. Cada vez que daba un paso, por los bajos asomaba una enagua de tul.

Ágata quería evitar mirarlo, pero el cuervo bordado del corpiño la atraía con la fuerza de un poderoso imán. Estaba apoyado en una rama de la que salían otras más pequeñas y frágiles. Lo habían bordado sobre un óvalo de raso blanco, rematado con una cinta de encaje. Parecía que en cualquier momento el ave iba a echar a volar, huyendo de la prisión de su tela.

—Y si no te permito salir del recinto después de las diez, ¿cómo puedes explicar que hace veintidós minutos estuvieses pilotando tu velocípedo a la altura del palacio real? —inquirió la directora.

«Malditas tarántulas. Cada vez resulta más difícil detectarlas». La directora tenía a sus espías mecánicas repartidas por toda la escuela. No solía mandarlas al exterior. Eso solo podía significar una cosa: andaba tras sus pasos. Lo que no sabía era desde cuándo, ni cuánta información tenía.

—Necesitaba tomar el aire —disimuló Ágata, sabiendo que eso no sería suficiente para salir del paso.

—No acepto esa respuesta —la atajó la directora, con frialdad.

—¿Quiere la verdad?

—Dispara —la retó Cornelia, mirándola con soberbia desde su pedestal.

Tic-Tac movió la cabeza y empezó a emitir sonidos de un modo caótico. Estaba buscando en su computadora la manera de suavizar el tono de aquella conversación.

—He ido a denunciarla a la reina —le espetó Ágata, sin vacilar—. La van a detener por intento de homicidio.

Cornelia se puso lívida.

—No te atreverías...

La reacción de la directora provocó que Ágata se aferrase a aquello que acababa de inventar.

—Lo que le está haciendo a León no tiene nombre —prosiguió—. ¿Cómo es capaz de tramar algo semejante? Vaciarlo por dentro es una canallada. ¡Es mi mejor amigo!

—Los alumnos de esta escuela sois de mi propiedad. Me pertenecéis por derecho, tú incluida. Cláusula número 3.3 del contrato. Las autoridades no pueden hacerme nada. ¡Nada! —rugió, encolerizada.

En el interior de las mangas de su blusa algo se movió de un lado a otro de un modo inquietante. Cornelia no la iba a dejar escapar tan fácilmente.

—Tic-Tac, explícale a la directora lo que nos ha comentado la guardia real acerca de esa cláusula y sobre acabar con la vida de un menor que está bajo su tutela.

Ágata suplicó en silencio que Tic-Tac la ayudase a salir de aquel apuro. Había formulado la última frase convencida de que el robot tenía la información precisa. Ella se había encargado de introducir en su computadora legislación suficiente como para mantener una discusión con un magistrado y salir victorioso. Tic-Tac era un prodigio.

—Se trata de una cláusula abusiva y, por lo tanto, nula de pleno derecho. En este estado los jueces son inflexibles con los delitos contra las personas —explicó Tic-Tac.

—O lo que es lo mismo —continuó Ágata, sintiéndose triunfadora y cada vez más segura de sí misma—, en cuestión de minutos tendrá unas esposas en sus muñecas y un equipo de la policía judicial poniendo esta escuela patas arriba. Qué imagen más fea para su alumnado, ¿verdad? ¡Ahí va todo su prestigio por el sumidero!

—Ten cuidado, Ágata. Ni se te ocurra subestimarme.

Cornelia abrió unas cremalleras laterales que estaban disimuladas en las voluminosas mangas de su blusa. Media docena de cuervos salieron disparados por las aberturas y comenzaron a volar a su alrededor. Montones de tarántulas empezaron a desfilar por las rendijas de las puertas y por los ojos de las cerraduras invadiéndolo todo con su horripilante negrura.

—¡Al laboratorio, rápido! —les ordenó a los cuervos y a las arañas.

Con semejante confusión, la antena de Tic-Tac empezó a girar sin control. Si fuese humano, en aquel momento estaría hecho un manojo de nervios. Cornelia le dirigió a Ágata una última mirada llena de odio.

—Llevo cuidando de ti desde que eras una niña pequeña y ¿me lo pagas así? Has llegado demasiado lejos. Tú no sabes de lo que soy capaz.

A continuación, echó a correr detrás de sus animales y desapareció.

—¡Hay que darse prisa, Tic-Tac! ¡A por Nuno!

En esta ocasión fue Ágata la que echó a correr.

Capítulo V

Nuno, el niño volador

Nuno estaba sentado en su cama, listo para partir. Llevaba un casco negro muy aparatoso y brillante, con una hélice ensamblada en la parte superior. Parecía la escafandra de un astronauta o de un buceador. En la mano portaba un maletín con el generador que le proporcionaba energía a la hélice. Se conectaba al casco a través de una tubería negra con pliegues que recordaban a un acordeón. El atuendo del niño lo completaba un abrigo de paño marrón con grandes solapas, a juego con unos pantalones bombachos que se ajustaban debajo de la rodilla, y una mochila de cuero.

—Llegas tarde —contestó él, mirándola fijamente con sus ojos verdes.

Eran idénticos a los de León. Transparentes y limpios, como el mar en calma de una cala virgen.

—Lo sé. Un encuentro inesperado ha provocado este retraso. ¡Pero ya estamos aquí! —añadió Ágata con tono desenfadado—. Esas aspas tan grandes que llevas en el casco hacen que parezcas un trébol de cuatro hojas.

Al contrario de lo que Ágata esperaba, Nuno no sonrió. La miró muy serio.

—Es un casco-hélice. Con él me puedo desplazar a propulsión y sostenerme en el aire. Aquí regulo la dirección y la velocidad —le explicó enseñándole numerosos botones y palancas que había en la maleta.

—Impresionante —lo alabó Ágata—. Ahora tenemos que irnos. ¿Estás preparado? —le preguntó tendiéndole la mano.

Él la agarró con seguridad y bajó de la cama. Confiaba en ella. Ágata se agachó para ponerse a su altura y lo miró tratando que los engranajes de sus ojos permaneciesen quietos, sin moverse ni un milímetro. No quería intimidarlo.

—León ya me lo ha explicado todo —se le adelantó Nuno—. Me he despedido de él y lo he visto tumbado en la cama, conectado a esa horrible máquina. Tiene las manos azules —susurró.

—Entonces también sabrás que este viaje va a ser peligroso y que tal vez tardemos mucho tiempo en regresar a este lugar —contestó ella, con cierta melancolía.

Melancolía por el futuro, qué extraña sensación.

Nuno asintió.

—Pues venga, no perdamos más tiempo. La señora Cornelia no tardará mucho en descubrir mi embuste. Piensa que las autoridades están de camino y que la van a detener.

—¿Le has dicho eso? —El niño no daba crédito.

—Así es —le confirmó sonriendo divertida.

Abrió la ventana. Tic-Tac asomó la cabeza y con un movimiento seco de atrás hacia delante efectuó un lanzamiento. De su antena salió disparado un cable de acero. Se enganchó en uno de los faroles de petróleo que iluminaban la calle.

—¡Fantástico, Tic-Tac! —lo felicitó Ágata—. ¡A la primera! Cada vez eres más preciso.

—Yo no necesito deslizarme —murmuró Nuno, que intuía lo que se tenían entre manos Ágata y Tic-Tac—. Prefiero usar mi casco-hélice.

El niño subió al alféizar de la ventana con la ayuda de Ágata, pulsó el botón de encendido en la maleta y salió despedido a propulsión trazando una parábola en el aire.

—Este niño apunta maneras. Va a ser un Genio, como su hermano.

El niño volaba con elegancia, con el cuerpo estirado y sujetando con fuerza la maleta que le proporcionaba la energía. Las hélices giraban sobre su cabeza. De repente, su abrigo se infló por el rozamiento con el aire, abriéndose como una hermosa flor de invierno.

—No podemos perder más tiempo, Ágata —la apremió Tic-Tac.

El robot desenganchó el cable de acero de su antena y lo sujetó en la pared con una pieza metálica. Cuando terminó esa operación, se amarró con sus tenazas al cable. Ágata subió al alféizar y se abrazó a su amigo con fuerza.

—Preparado —anunció—. Arrancamos en tres, dos, uno...

Dicho esto, Tic-Tac se dejó caer, deslizándose con pericia. Nuno ya había aterrizado en la acera y los esperaba con impaciencia.

—Os vendría muy bien un casco-hélice —apuntó—. Es más práctico.

—No sé si es más práctico, pero sí más rápido. No hay tiempo para recoger el cable —dijo Ágata, alisándose la ropa—. Ahí queda, de recuerdo para Cornelia.

Echaron a correr bordeando el edificio hasta llegar al velocípedo. Nuno y Tic-Tac montaron en el sidecar. Ágata se colocó su casco de aviadora, se ajustó las gafas binoculares y pedaleó con fuerza hasta que el motor se puso en marcha. Con la brisa de la noche aguzándole los sentidos, pensó en León y en todo lo que los unía.

Cuando estaba con él, el mundo era más habitable. Todos los días se hacía a sí misma la promesa de ser feliz, aunque solo fuese durante unos instantes. León solía ayudarla a cumplir esa promesa. Atravesaron las calles desiertas, acelerando en cada recta. Necesitaba estar concentrada y conducir lo más rápido posible para llegar cuanto antes al lugar donde escondía los inventos. No quería que Cornelia estuviese al tanto de sus avances, por eso los ocultaba en un local abandonado. En el pasado había sido un bazar, pero tras la muerte de su dueño nadie se había hecho cargo del negocio. Al principio se sentía como una intrusa pasando tantas horas en aquel espacio ajeno. Siempre le asaltaba el temor de que alguien la sorprendiese allí dentro y eso le trajese problemas. Ahora ya no. Acumulaba tantos inventos de su creación en el interior del bazar abandonado, que en ocasiones sentía que le pertenecía. Además, lo había decorado de manera muy especial. La primera vez que entró en aquel lugar, encontró decenas de muñecas antiguas, sepultadas entre cascotes y basura. Las limpió con paciencia y las transformó en lámparas de mesa. Sus cabezas emitían una cálida luz amarilla. Eran siniestras, pero hermosas.

Tic-Tac no se cansaba de recordarle que sería más lógico y también más seguro que emplease la casa de sus padres como taller. Al fin y al cabo, la había heredado y era de su propiedad. Pero eso le produciría un dolor que era incapaz de gestionar: no quería estar rodeada de objetos de dos personas de las que no conseguía acordarse.

—Qué frío —dijo Nuno, buscando cobijo dentro de las grandes solapas de su abrigo.

Ese era el mayor problema de aquel local. Dentro siempre hacía un frío tremendo.

—Tranquilo —le dijo Ágata—. En la Tetera hay de todo. También calefacción. No vas a pasar frío.

—¿Qué es la Tetera?

—La Tetera es eso que está ahí —le indicó señalando un bulto de dimensiones considerables, cubierto con una sábana—. Vamos a estrenarla en este viaje. ¿Quieres verla?

Sin esperar por la respuesta del niño, Tic-Tac rodó hasta el vehículo y lo destapó. Era la primera persona que tenía acceso a aquel invento. Ágata no se lo había mostrado a nadie, ni siquiera a León. Estaba esperando la ocasión adecuada que, por fin, se había presentado. Se trataba de una tetera tan grande que podían entrar varias personas dentro. Estaba atornillada a una plataforma con cuatro patas metálicas de hierro forjado que llevaban unas ruedas.

Cualquier otro niño, uno que no perteneciese a la comunidad de la Escuela de Artefactos y Oficios, habría hecho comentarios del tipo «qué bonita es» o «qué pasada, ¿me llevas a dar una vuelta en ese bicho tan grande?». Nuno, como futuro Genio que era, tomó un camino bien distinto:

—Cuatro ruedas, siguiendo el modelo de un vehículo convencional, cinco puntos luminosos y la cabina de mandos en la parte delantera —comentó, mientras caminaba alrededor de aquel invento, examinándolo con detalle—. Al estar montada sobre esas patas metálicas tan largas, parece un diplodocus. Tiene cocina, imagino. La boca de la Tetera es la salida de humos, ¿verdad?

—Exacto, la boca desempeña la función de una chimenea al uso. Tiene cocina, baño y un par de camas. El interior no es muy grande, pero me he esmerado mucho en el aprovechamiento del espacio. Encontré la tetera aquí, en el bazar —le explicó—. Era una antigua casa de juegos, pero estaba muy deteriorada. La reparé y la transformé en esto que ves ahora: un vehículo-casa.

—¿Y el motor?

—Funciona con un motor a vapor de mi propia creación a partir de una caldera de vaporización de dos tiempos. ¿Qué, me das tu aprobación? —le preguntó en broma.

—Primero quiero ver cómo se viaja en esta máquina y qué velocidad alcanza —contestó él, con una seriedad inusual para un niño de nueve años.

«¡Este niño es terrible!», pensó ella. No pudo evitar que se le escapase una sonrisa. Valoraba mucho la inteligencia, la consideraba una cualidad esencial de las personas. Por eso le gustaba tanto Nuno. Por eso y porque era el hermano de León y le recordaba a él a cada segundo.

Tic-Tac pestañeó con su habitual cadencia lenta y emitió unos sonidos que a Nuno parecieron hacerle bastante gracia.

—¡Por fin te veo reír! —le dijo Ágata.

Él se encogió de hombros y le devolvió una mirada triste.

—Venga, es hora de partir. Tenemos por delante un viaje muy largo y hay que irse antes de que las arañas o los cuervos de Cornelia nos descubran.

Ágata y Nuno ayudaron a Tic-Tac a subir por las escaleras de la tetera, situadas en una de las patas del vehículo. Abrieron la puerta que daba acceso a la cabina y se acomodaron en los asientos de delante. Ágata encendió las luces delanteras. Las había instalado en la boca de la tetera, como si fuesen los ojos del dinosaurio. Proyectaron dos perfectos círculos de luz en el suelo.

—¡Hasta siempre, querido bazar! —se despidió Ágata.

En cuanto salieron a la calle, pisó gas a fondo para demostrarle a Nuno de lo que era capaz su creación. La tetera alcanzó los 220 kilómetros por hora con una rapidez asombrosa. En ese momento el pequeño comprendió por qué León siempre le decía que Ágata era un Genio (aunque la escuela no la considerase como tal).

—Ágata, vamos a viajar muy lejos, ¿verdad? —le preguntó Nuno, con cierto temor.

—Tranquilo, tú te quedarás en el Planeta de los Niños. Yo seguiré mi camino. Necesito encontrar al ermitaño y solo existe un lugar donde conocen con exactitud su paradero —contestó ella.

—La Ciudad de los Perros —dijo él en un murmullo.

Ágata asintió esbozando una sonrisa. Así era. Esa ciudad tan singular estaba situada en el corazón de una encrucijada, y sus habitantes conocían el camino a todos los lugares del mundo. El acceso estaba vetado a los humanos, pero en una situación desesperada como aquella eso le parecía secundario. Estaba dispuesta a pagar el precio que fuese preciso para localizar al ermitaño. Eso y poner a salvo a Nuno era lo único que le importaba.

Dejaron atrás las fronteras de la ciudad con una extraña y dolorosa sensación de pérdida. Tal vez no regresasen nunca.

Y de volver, quizás León ya no estuviese. Ágata tuvo que hacer un esfuerzo sobrehumano para que los engranajes de sus ojos permaneciesen estáticos. Si permitía que se moviesen, empezarían a fabricar lágrimas. Y en esta ocasión él no estaba allí para atraparlas con su dedo índice, como si fuesen un tesoro. Le pareció escuchar su voz, susurrando: «Si me bebo tus lágrimas, me dolerá la barriga por la noche».

A lo lejos, apoyado sobre la cabeza de un farol, un cuervo con el pico roto observaba la Tetera mientras se perdía en la oscuridad. Tan pronto desapareció por completo de su vista, graznó y emprendió el vuelo, en dirección a la Escuela de Artefactos y Oficios.

En ese mismo instante, la mujer a la que León había devuelto la vida se retorcía en una de las dependencias de la escuela, en el piso menos uno. Estaba atada a una cama. Tenía correas en las muñecas y en los tobillos y la mirada extraviada. Intentó dormir con una profunda sensación de vacío atenazando su pecho. Como si allí dentro le faltase algo importante. No lograba recordar el qué.

Capítulo VI

«¡Ágata, corre!»

León patinaba con Ágata sobre el hielo del Lago de Plata. Llevaban bufandas interminables de rayas blancas y negras y gorros siberianos suaves como la piel de un oso blanco que pide a gritos un abrazo. Guantes de cuero, enormes abrigos de pelo y gafas binoculares de enorme montura dorada con filigranas. Eran dos criaturas de otro planeta. Un planeta antiguo y genial, como las canciones que nunca pasan de moda. Que escuchas una y otra vez y te transportan a mundos paralelos de los que no quieres regresar, porque la felicidad habita allí y eso es lo único que importa.

En invierno las aguas del lago se congelaban, creando formas mágicas. Filamentos, flores, estrellas de múltiples puntas que brillaban por la elevada concentración de minerales de agua. Un flamenco que bailaba sobre el hielo junto a otros congéneres los avistó desde la distancia, se apartó del grupo y ex-

tendió sus alas con una elegancia sobrenatural. Belleza extraterrestre. Ágata, prendida de aquel movimiento hipnótico y rosado, patinó hasta él y abrió sus brazos. Allí, sobre el lago que había sido testigo de tantas tardes de locura, ave y niña se abrazaron. Ágata desapareció silenciosamente entre sus alas hasta transformarse en una pluma. Se balanceó en el aire, cayó sobre el hielo y se quedó tumbada en la soledad más dolorosa. León cogió la pluma y empezó a gritar su nombre. El Lago de Plata le devolvió un silencio hiriente. Ella ya no estaba.

—¡Ágata! ¡Ágataaaaaaaa!

La puerta del cuarto de León se abrió con estrépito, arrancándolo de su sueño con violencia. Se sobresaltó cuando se incorporó y encontró a Cornelia rodeada de aquellos malditos pájaros. Estaban por todas partes: sobre los hombros de la mujer, enredados en el moño, entrando y saliendo de las aberturas laterales de la blusa... Algo no iba bien. «Seguro que Ágata ha conseguido huir con Nuno». El estado de nerviosismo de los cuervos y de la propia directora solo se podía achacar a eso. Ella, que siempre iba impecable, estaba toda despeinada, con la frente llena de escamas de sudor y la mirada rota por la ira:

—¿Así es como me agradeces todo lo que he hecho por ti? —gritó, enfurecida.

En su voz se mezclaban la rabia y la amargura. Después de todo, parecía que tenía sentimientos. León, que no hacía ni un minuto que se había despertado, tuvo que hacer un esfuerzo por centrarse. Se incorporó, apoyó la espalda en la almohada y le plantó cara como pudo:

—¿Lo que has hecho por mí? —Sonaba débil y cansado—. ¿A qué te refieres? ¿A enchufarme a esta máquina que me está matando poco a poco? ¿O tal vez a que me has utilizado para devolverle la vida a una mujer asesinada y ahora quieres acabar conmigo para garantizar mi silencio?

—Tonterías —contestó ella, restándole importancia a semejantes acusaciones. Como si la vida de León no valiese nada—. Deberías estar satisfecho. Ser sacrificado en el nombre de la ciencia es el mejor final para un Genio. Y tú me lo pagas alejando a Nuno de aquí.

—Eres una bruja negra sin corazón, Cornelia. Deberían encerrarte en una celda y encadenarte a la pared.

Nadie que estuviese en su sano juicio osaría hablarle así a Cornelia. Nadie salvo Ágata, que era la única de toda la escuela que parecía no tenerle miedo. Pero aquella era una situación límite. A León ya le daba igual lo que la directora de la escuela pudiera hacerle. Su principal preocupación era que Ágata se llevase a Nuno muy lejos, donde ella no pudiese encontrarlo. Que huyeran sin mirar atrás y encontrasen el Planeta de los Niños.

—No podrás poner tus sucias manos encima de Nuno. Lo he alejado de ti para salvarle la vida. Todo lo que tocas acaba contaminado. Yo quería ascender a la categoría de Genio, pero no de esta forma. ¿Cómo puedes estar jugando de esta manera con los cadáveres de esas mujeres?

La directora se acercó tanto que podía oler el perfume metálico de su piel.

—Yo no las he mandado asesinar, si eso es lo que te quita el sueño. Me limité vigilar el distrito de Whitechapel con mis arañas, y no tardaron ni tres días en descubrir la identidad del autor de los crímenes. —Parecía satisfecha de haber dado con él con tanta facilidad—. Esos ineptos de la policía metropolitana siguen dando palos de ciego y yo tengo al asesino a mi merced tan solo con chasquear mis dedos.

—¡Eres tan sádica como él! —contestó León.

—En eso te equivocas. Yo solo aprovecho la ocasión. No estoy buscando cualquier cosa, León. ¡Busco la llave de la inmortalidad! Contigo he dado el primer paso. Pero necesito ir un poco más lejos. Necesito extraerte toda la magia que pueda. Eres bueno en la mecánica de cuerpos, pero tus avances son demasiado lentos. No puedo esperarte.

—¿Esperarme? No lo entiendes, Cornelia. Por nada del mundo seguiría trabajando a tu servicio.

—Hablas con demasiada suficiencia. Con tu actitud has sentenciado a tu querida Ágata. Cuando la coja, le sacaré los ojos y los convertiré en objetos decorativos. No es la primera vez que hago algo así. Los colocaré sobre mi mesita de noche, para acordarme de ella cada vez que fabriquen una de esas lágrimas que tanto te gustan. ¿Sabes lo que haré luego? Pasearé su cadáver sin ojos por toda la ciudad a hombros de una comitiva vestida de negro —continuó, sin inmutarse—. Y finalmente ordenaré que la espeten en la punta de una de las torres del Palacio de Wendy, para que le piquen los cuervos hasta que solo queden sus huesos. Bonito final para una traidora.

«Quiere torturarme —dijo él para sí. La resistencia de León empezaba a tambalearse—. Dice todas esas cosas tan terribles para hundirme».

—Nunca darás con ella —contestó, luchando por mantenerse firme.

—Te equivocas. Llegaré hasta donde sea necesario y haré que pague por su traición. ¡Es una embustera y una desagradecida, como tú! No entiendo en qué me he equivocado con vosotros. Os he proporcionado la mejor formación a la que habríais podido tener acceso. Los niños amputados sois fallos del sistema.

Así se refería la directora a los niños huérfanos. León odiaba esa expresión tan fría. *Los niños amputados*. Escuchar eso le resultaba desolador. Era como si les faltase un trozo de alma. Como si todos estuviesen incompletos. Les quitaba humanidad.

—Cornelia, el fallo del sistema eres tú. Los alumnos de esta escuela no te respetan, *te temen*. ¿Entiendes la diferencia?

La mujer agarró a León por la chaqueta del pijama y lo zarandeó.

—En cuanto encuentre a Ágata, traeré de vuelta a Nuno, lo conectaré a esta máquina y haré con él lo mismo que estoy haciendo contigo. Voy a vaciarlo hasta quitarle toda su magia. Y tú ya no estarás aquí para verlo, porque serás alpiste para mis cuervos.

En ese instante León se derrumbó como un castillo de arena que recibe la patada de un niño. Quiso permanecer sereno, luchó por que ella no percibiera el daño que le habían hecho sus palabras. No fue capaz. Nuno y Ágata eran las personas que más le importaban. Se sentía tan débil y tan desamparado que ni siquiera tuvo fuerzas para contener las lágrimas. Rodaron por sus mejillas, delatándolo delante de Cornelia, la mujer ártica.

—¡Fracasarás, a pesar de todo! —le chilló, consumiendo las energías que le quedaban en aquel grito desesperado—. Esto acabará por estallarte en la cara. ¡Eres una pobre tarada!

Cornelia le propinó un bofetada y los cuervos comenzaron a volar descontrolados por la habitación, llenándolo todo de plumas.

—Ni se te ocurra dudar de mi capacidad. Te crees muy importante porque has logrado ascender a la categoría de Genio, ¿verdad?

León no contestó. Solo pensaba en Nuno y Ágata. «¡Corred, corred sin mirar atrás y no regreséis nunca!».

—Pues debes saber que has cometido un error fatal. Tengo arañas en cada esquina: debajo de vuestras camas, dentro de los armarios, en los bolsillos de vuestra ropa... Son mis ojos y mis oídos. Gracias a eso sé que Ágata va en busca del ermitaño. Y tanto tú como yo conocemos el poder de ese hombre. Tiene en sus manos las vidas de todos los habitantes de esta ciudad. Llevo años preguntándome dónde se esconde. Ágata no se detendrá hasta encontrarlo. Conseguiré la llave de la vida eterna, y tú ya no estarás aquí para verlo.

Chasqueó los dedos y los cuervos regresaron al interior de su blusa. Varias tarántulas salieron de debajo de la cama de León y fueron detrás de ella. Propinó tal portazo que hizo retumbar las paredes del cuarto.

León cerró los ojos. Quería dibujar en su mente la imagen de Ágata, su cabello de trigo, sus ojos mecánicos y preciosos.

—Ágata, corre. ¡Corre!

El brillo azul de su piel que anunciaba la proximidad de la muerte acababa de extenderse de las manos de León a los antebrazos.

Capítulo VII

Wendy, la Reina Albina

En lo más alto de la torre dorada del Palacio Real, en una enorme sala desde donde se podía contemplar toda la ciudad, la misteriosa Reina Albina había instalado su observatorio.

En el centro de la estancia, un espacio con baldosas blancas y negras al estilo de un tablero de ajedrez, había una plataforma con una bola del mundo de un metro de diámetro. Wendy estaba sentada en una silla de barbero, tapizada a juego con las baldosas del suelo. Observaba un punto concreto de la bola a través de unos prismáticos parecidos a los que se usan en la ópera, colocados sobre un soporte de hierro. Llevaba así más de dos horas, observando en completo silencio.

—Solicito permiso para entrar.

La persona que acababa de hablar era Máximo, el jefe de la guardia real y la mano derecha de Wendy. Un hombre impecable en el trato, en las formas y en la manera de vestir. Llevaba un largo abrigo cruzado negro, con botones dorados. En el pecho, a la altura del corazón, estaba bordado el escudo de la Casa Albina. Representaba un unicornio blanco rodeado de copos de nieve, con las patas apoyadas sobre una uve doble. Debajo del abrigo asomaban los colores de la Casa Albina: pantalón y camisa marfil y chaleco lila.

—Pasa, Max —lo autorizó ella, sin dejar de ver a través de las lentes de los prismáticos—. La cosa se está poniendo un poco difícil.

—¿Han logrado huir?

—Compruébalo tú mismo —le dijo cediéndole el sitio en la silla.

Máximo se sentó y se acercó a los prismáticos. Reguló el dispositivo de enfoque y ante sus ojos apareció la tetera de Ágata alejándose de las fronteras de la ciudad. Aquel método de transporte le pareció muy sofisticado, incluso para Ágata.

—¿Viajan en ese artefacto? Qué lástima que viva bajo las garras de Cornelia —comentó el guardia—. Es un talento desaprovechado.

—No entiendo por qué Ágata no ha acudido a mí para que la ayude —se lamentó Wendy, con un atisbo de amargura en su voz—. Ella quiso intentarlo, pero León la disuadió. No es bueno que el pueblo me considere inaccesible.

—Inaccesible, pero justa —puntualizó el jefe de la guardia real levantándose de la silla—. Majestad, usted no puede atender todos los problemas de la ciudadanía. Ya lo hemos hablado muchas veces.

—¡Pues debería, Max! Por lo menos cuando se trata de un asunto de tanta gravedad. En esa maldita escuela, Cornelia y sus secuaces están llevando a cabo experimentos monstruosos. Tenemos que detener esta locura. Es una lástima no haber acabado antes con ella. Voy a encerrarla de por vida, Max. Algún día.

Máximo se levantó de la silla y miró fijamente a Wendy. La monarca parecía una criatura élfica y el albinismo le confería un extraño aspecto. Tenía el pelo completamente blanco, igual que las cejas y las pestañas, largas como los filamentos de una flor. Su piel era tan clara que podía apreciarse con toda nitidez el recorrido de las venas. Se extendían como las ramas más frágiles de un árbol por todo su cuerpo. Y luego estaban sus ojos. Cada uno era de un color distinto. Uno lila y el otro rosado. La belleza de la Reina Albina era hipnótica. Pero el auténtico atractivo de Wendy radicaba en su carácter.

—Tenemos que ayudar a Ágata —dijo Wendy—. No podemos abandonarla a su suerte. Debo intervenir.

—Pero majestad: eso puede desatar otra guerra con el Clan de las Córvidas, y en los últimos años han ganado muchas adeptas. Recuerde el pacto de no agresión que firmó con ellas.

—Ni agredir ni intervenir. Lo recuerdo perfectamente, aunque hayan pasado más de tres décadas de aquello, Max. ¿Por qué piensas que sigo tolerando que Cornelia dirija esa escuela? Sé muy bien que el rencor no es un sentimiento propio de las Albinas —añadió, rememorando uno de los episodios más amargos de su vida—, pero algún día pagará por lo que ha hecho.

La batalla en la que se enfrentaron el Clan de las Albinas contra el de las Córvidas podría ser catalogada de épica: una cruel guerra de siete días en la que las brujas albinas perdieron docenas de integrantes. Más grave aún fue el daño en las

filas de las Córvidas. El final de la guerra había sido propicia-
do por un acuerdo planteado por ellas. Le otorgaron a Wendy
el trono junto con un reinado pacífico, a cambio de que la
propia Cornelia se garantizase el puesto de directora de la
Escuela de Artefactos y Oficios. En aras de la supervivencia
de su clan, Wendy se había visto obligada a dejarle total libertad en lo relativo a la dirección y el funcionamiento de la institución, incluso sabiendo que iba a practicar las denominadas artes oscuras. No se entrometería en sus experimentos ni
en la formación de los «niños amputados». Cornelia, por su
parte, garantizó que Wendy gobernaría con toda tranquilidad. Ni agredir ni intervenir. Así llevaban treinta años, sumi-
das en una especie de calma relativa. Tratando de no cruzarse una con la otra. Odiándose en la distancia.

—Si nos ponemos puristas, Cornelia ya ha roto el pacto
—argumentó Wendy, con total convicción—. Está intentando hallar la fórmula de la inmortalidad. Me parece motivo
suficiente para que yo mueva ficha. He aguantado todo lo
que he podido, pero esto es inadmisible.

Máximo llevaba tiempo intentando disuadir a Wendy,
pero era consciente de que había que tomar una decisión.
No quería poner en peligro la vida de su reina por nada del
mundo, pero consentir que Cornelia continuase con sus pla-
nes sin intervenir era un suicidio.

—Además, eso no es todo —continuó la Reina Albina—.
No te imaginas a quién va a enviar Cornelia para atrapar a
Ágata. Cuánto lamento no haber sabido antes lo que estaba
sucediendo.

Wendy volvió a sentarse en la silla y desplazó unos milí-
metros la posición de los prismáticos. Los reguló hasta que
la imagen que apareció delante de sus ojos ganó nitidez.

—Ahí está el asesino —murmuró—. ¡Mira, Max!

El jefe de la guardia real ocupó el lugar de Wendy y contempló la escena con atención. Una figura masculina avanzaba por Miller's Court St.

Una niebla densa, casi compacta, lo envolvía todo. Como si la noche abriese la boca y lanzase su aliento en una potente exhalación. Al fondo de la calle, una mujer temblaba de frío sentada en el suelo, abrazada a sus propias piernas. Con la mirada perdida en la noche más cruel, esperaba por un desconocido a quien venderle su cuerpo allí mismo, en el medio de la calle. Necesitaba dinero para llevarse algo a la boca y para pagar el alquiler del cuarto donde vivía, a escasos metros. Era muy joven e iba vestida con unos harapos que no aguantarían ni un solo lavado más.

La mujer no se sobresaltó cuando distinguió a lo lejos la figura de aquel caballero tan elegante. Llevaba una capa negra y un sombrero de copa. Desde esa distancia era imposible que pudiese distinguir los detalles. Por eso no cayó en la cuenta de que tenía puesta una peculiar máscara antigás. Tampoco percibió que portaba un maletín en una mano, y a la espalda una aparatosa máquina llena de cables. Cuando el hombre ya estaba a escasos metros, la prostituta levantó la mirada y le preguntó con un susurro que escondía la historia más triste del mundo:

—¿Desea gozar de mi cuerpo, señor?

Entonces sí lo vio. La escalofriante máscara de gas, el maletín y la máquina que llevaba a la espalda. Quiso gritar, pero no fue capaz porque ya era demasiado tarde. El hombre se arrojó sobre ella, la agarró por el pescuezo y ejerció presión sobre los puntos exactos para estrangularla en el menor tiempo posible. Todo estaba minuciosamente calculado. La mujer perdió el conocimiento al instante. Una lágrima resbaló por su mejilla con una lentitud dramática. El asesino sacó un bisturí del bolsillo del abrigo, comprobó en la yema de uno de sus dedos que estuviese afilado a su gusto y a continuación le rebanó la garganta de izquierda a derecha. Le deleitaba el calor efímero de los cadáveres y el aroma de la sangre manando de sus cuerpos.

Cargó con el cadáver echándoselo a la espalda como si fuese una res y se metió en el primer portal. Subió las escaleras del edificio con toda tranquilidad hasta llegar al cuarto donde vivía la mujer asesinada. Uno de los cristales de la puerta estaba roto. El asesino metió la mano por el agujero y la abrió sin mayor dificultad. Posó el cadáver en la cama, le arrancó los harapos que la cubrían y se demoró unos segundos para acariciar aquel abdomen desnudo, como si fuese una joya. Con el dedo índice enfundado en un guante de cuero negro, trazó un círculo alrededor de su ombligo. Luego realizó un profundo corte con el bisturí e introdujo las manos en la herida para abrir el vientre al tiempo que canturreaba en voz baja su canción macabra. Era una especie de ritual:

—Que asomen los intestinos, quiero ver tu hígado, quiero tus riñones, también tu corazón.

Escogió los órganos que le interesaban y los guardó en su maletín. Pero aún le quedaba una cosa por hacer antes de abandonar la escena del crimen, la más importante. Necesitaba el alma de la víctima. El artefacto que llevaba a la espalda tenía un tubo aspirador. Lo introdujo en la boca de la mujer y puso la máquina en funcionamiento. El alma de la víctima fue extirpada del cuerpo, recorrió el interior del tubo y quedó almacenada en el habitáculo de aquel siniestro artefacto.

—Descanse en paz —murmuró el asesino al mismo tiempo que sacaba los guantes y los metía en el bolsillo.

Luego salió del cuarto, bajó las escaleras y echó a andar por el callejón oscuro, canturreando su melodía favorita con un tono desenfadado:

—Que asomen los intestinos, quiero ver tu hígado, quiero tus riñones, también tu corazón.

La mujer a quien acababa de asesinar se llamaba Mary Jane Kelly y no tenía más de veinticinco años.

La figura del hombre se perdió entre la niebla hasta desaparecer por completo.

El jefe de la guardia real se apartó de los prismáticos como si le quemasen. Estaba pálido.

—Tienes razón, Wendy —dijo, horrorizado—. Hay que detener esto ya. No podemos hacer como si no estuviese sucediendo. Yo mismo iré de inmediato a Whitechapel con varios guardias. Él ya estará lejos del lugar del crimen, pero quién sabe, quizás encontremos alguna pista que nos permita dar con él.

— Además de eso, lo que más urge ahora es enviarle una advertencia a Ágata —contestó ella con firmeza—. Tiene que saber que ese hombre está al servicio de Cornelia y que va tras ella. Nunca me perdonaré no haberlo sabido antes. ¡Pude haber evitado los otros asesinatos!

—Pero acabo de verlo con mis propios ojos. Ese hombre está en el distrito de Whitechapel, no ha salido a la caza de Ágata.

—Cornelia le ha encomendado la misión de atrapar a Ágata y Nuno. Su partida es inminente. Tengo que avisar a Ágata, y tengo que hacerlo de inmediato.

—Estás pensando en su tatuaje, ¿verdad?

Wendy asintió. Llevaba años y años mandándole mensajes secretos a través del tatuaje que tenía en la espalda.

—Voy a hacer que vea la imagen del asesino. Hay que advertirla de que su cazador es El Destripador.

Un estremecimiento sacudió a Max. Sabía de la brutalidad de los crímenes de aquel asesino. Toda la ciudad estaba conmocionada desde hacía semanas. Pero contemplarlo en directo había sido como ver al diablo directamente a los ojos.

En aquel instante, el jefe de la guardia real deseó con cada poro de su piel acariciar el rostro de Wendy. O abrazarla para hacer desaparecer aquella sensación de vacío. Pero no podía permitirse ese lujo. La reina dio unos pasos y se acercó a la cristalera que rodeaba el observatorio. Desde allí arriba observó con respeto la grandeza de su país.

—Se avecinan tiempos difíciles —aventuró—. Te voy a necesitar muy cerca de mí, Max.

«Y yo a ti, mi reina —pensó él—. Y yo a ti».

Capítulo VIII

Una lágrima por León

En el interior de la tetera la temperatura era muy agradable. El termómetro marcaba 18,5 grados. Nuno había accedido a quitarse el casco-hélice para dormir. Al principio no estaba muy por la labor, pero después de insistir mucho, Ágata consiguió convencerlo de que no tendría que salir volando en mitad de la noche para socorrer a León. Era la primera vez que se separaba de su hermano y eso no iba a ser fácil de llevar. Había luchado con todas sus fuerzas para mantenerse despierto, pero el sueño lo venció sin remedio pasadas las dos de la madrugada.

—En el fondo es solo un niño —le dijo Ágata a Tic-Tac, cuando este la informó de que el pequeño por fin se había dormido—. Aunque parezca un adulto prematuro.

—Los adultos, salvo raras excepciones, miden más de 131 centímetros. En todo caso, Nuno sería un adulto con enanismo.

—No me refiero a eso, Tic-Tac. Quiero decir que parece una persona adulta por cómo habla, por cómo se expresa, por la tristeza que irradian sus ojos. Ningún niño debería ser infeliz.

Tic-Tac pestañeó, buscando en su computadora el significado de la palabra felicidad. Lo hacía a menudo, con la esperanza de comprenderlo por fin. Había conceptos humanos que se le escapaban. Entendía la idea global, pero no lograba profundizar en el significado, le resultaba imposible.

—Los humanos sois muy complejos —confesó el robot—. Ojalá yo tuviese sentimientos para poder comprenderos mejor.

«Y ojalá yo pudiese desmontar mi corazón con un destornillador y guardarlo en un cajón, para aliviar esta angustia», pensó ella.

La tetera estaba programada para viajar con piloto automático. Ágata había introducido en el ordenador de abordo las coordenadas y la velocidad de crucero. El vehículo se encargaba del resto. Se desplazaba sin contratiempos, echando nubes de humo blanco por el pito, como una potente locomotora.

Ágata había permanecido despierta toda la noche. Sabía que las primeras horas de la huida eran cruciales. Lo más probable era que su tía hubiese enviado a alguien para que los atrapase. De momento no podía permitirse el lujo de dormir: tenía que estar atenta para evitar sorpresas desagradables.

—Para eso estoy yo —replicó Tic-Tac—. Puedo permanecer alerta. Tú necesitas descansar.

—Lo haré, te lo prometo. Pero no esta noche. Están pasando cosas importantes. Me preocupa mucho lo que Cornelia le pueda hacer a León. A estas alturas seguro que ya se ha dado cuenta de nuestra huida y también de nuestro embuste.

»Además —dijo en voz más baja—, está el hecho de que noto cómo el tatuaje de mi espalda está cambiando.

—Si me enseñas el tatuaje te diré todo lo que veo —le sugirió Tic-Tac.

En toda su vida, Ágata solo le había mostrado su tatuaje cambiante a él y a León, y lo había hecho en contadísimas ocasiones.

—Está bien —accedió.

Con una calma tensa, se quitó el chaleco, la blusa y el sostén y se puso de espaldas a Tic-Tac. El tatuaje nacía a la altura de los hombros y se extendía hasta la cintura. Su espalda era una especie de lienzo de piel con una ilustración viva, con alma y corazón, que estaba en continuo movimiento.

Ágata siempre había sospechado que en la documentación confidencial de los niños amputados constaba información sobre ella, sobre sus ojos mecánicos y sobre aquel misterioso tatuaje.

Cornelia lo tenía todo clasificado en un archivo bajo llave, oculto en el desván de la escuela. Una noche se decidió a robar la llave del archivo para entrar a escondidas. Después de una intensa búsqueda entre docenas y docenas de archivadores, consiguió encontrar su informe. Así fue como descubrió que a los tres años de edad había sido tatuada en la espalda por un mago. O eso, por lo menos, era lo que constaba en aquel informe.

Ágata ignoraba que Ofelia, la gobernanta, había seguido sus pasos hasta el desván. Solía dar un paseo cada noche por los pasillos de la escuela para comprobar que todo estaba en orden. Aquella mujer era tan cruel que en lugar de detener a Ágata en un primer momento, tan pronto la descubrió, esperó hasta que ella logró hallar su informe entre un montón de archivos y carpetas. A Ágata apenas le dio tiempo de leer las primeras líneas. Ofelia apreció por detrás, se lo arrancó de la mano y le dijo:

—Prepárate para lo que se te viene encima. Voy a informar de esto a la directora.

Pasado el tiempo Ágata había conseguido comprender que su misterioso tatuaje cambiaba en función de lo que ella sentía, o de aquello que le afectase. Por eso enseñarlo suponía mostrar sus temores, inseguridades y deseos. Era su parte más íntima. Lo que Ágata ignoraba era que la reina le enviaba mensajes a través de él.

—Veo a León —la informó Tic-Tac con los ojos fijos en el tatuaje—. Cornelia acaba de propinarle una bofetada. El brillo azul ha comenzado a extenderse por sus brazos.

—El tiempo corre en nuestra contra. ¿Sigue conectado a la máquina?

—Sí, sigue conectado. Espera —dijo de repente—, la imagen está transformándose rápidamente.

—¿Qué ves, Tic-Tac? Cuéntamelo todo, por favor —Ágata estaba ansiosa por saber.

—Veo una figura masculina sumida en una espesa niebla. Qué cosa más curiosa. No tiene cara.

—¿Cómo que no tiene cara?

—No consigo verla. Lleva una chistera, un maletín y una máquina colgada de la espalda, como una mochila con varias salidas de humo. Parece un aparato bastante sofisticado.

El robot permaneció unos segundos en silencio, sin apartar los ojos del tatuaje, hasta que por fin logró discernir algo.

—¡Claro, ahora comprendo! —exclamó—. Lleva puesta una especie de máscara antigás que le cubre todo el rostro, por eso parece que no tiene cara. ¡Es un cuervo, Ágata!

—¿Cómo que es un cuervo? —preguntó ella, que no estaba comprendiendo a Tic-Tac.

—La máscara está fabricada con un material flexible, debe de ser piel. Se engancha en la nuca con unas hebillas. La válvula para expulsar el aire tiene la forma del pico de un cuervo. Es ganchuda, con la punta rematada con una pieza de hierro. Además, lleva los ojos cubiertos por dos protecciones de metal con forma de octógono. Es lo que los humanos definiríais como una imagen escalofriante —concluyó.

—Quiero verlo. Si tiene apariencia de cuervo, no hay duda de que mi tía tiene algo que ver. Seguro que lo ha mandado para atraparnos y llevarnos de regreso a la escuela. Tic-Tac, te ruego que grabes la imagen.

—Calibrando —dijo él—. Comienzo grabación en tres, dos, uno...

Ágata permaneció lo más quieta posible. Era muy probable que la imagen desapareciese enseguida. Había ocasiones en las que su tatuaje permanecía estático durante días, y otras en las que variaba a cada minuto.

Tic-Tac grabó la escena con las cámaras que tenía integradas en sus ojos. Cuando iba a terminar, la imagen del hombre-cuervo fue sustituida por otra. El robot continuó grabando hasta que le pareció que el tatuaje se había vuelto estático de nuevo.

—Fin de la grabación —anunció el robot.

Ágata se vistió rápidamente para contemplar aquella imagen. El robot buscó una superficie lisa, y el suelo de la tetera le pareció el lugar más apropiado.

De sus ojos salieron dos haces de luz que proyectaron la grabación en el suelo. Ágata aguantó la respiración cuando vio a aquel hombre en medio de un callejón oscuro.

—Así que tú eres mi cazador —murmuró, tratando de mantener la compostura.

No sería nada extraño que se hubiera derrumbado ante semejante visión. Estudió con detalle su atuendo: el abrigo negro, las botas altas, la máscara con la nariz cónica en forma de pico, las gafas de vidrio oscuro, el maletín, la misteriosa máquina que portaba en su espalda... y aunque la imagen era en verdad estremecedora, Ágata dijo con rotundidad:

—No me das ningún miedo.

Esa seguridad en sí misma iba a durar muy poco. La imagen del hombre se fue desvaneciendo y en su lugar apareció la mesa del comisario de la policía metropolitana. Sobre ella había una carta escrita con letras rojas e irregulares. Su autor había empleado sangre en lugar de tinta. Con mucha dificultad, Ágata consiguió descifrarla palabra por palabra:

Desde el infierno. Señor, os envío la mitad del riñón que le saqué a una mujer y que he conservado para usted. La otra parte la freí y degusté con gran deleite. Tal vez os envíe el cuchillo ensangrentado que lo extirpó, si esperáis un poco más.

Atrápeme si puede.

El Destripador

Al lado de la carta había un frasco de cristal con la mitad de un riñón conservado en etanol. Tan pronto lo vio, Ágata sintió que algo se quebraba en su interior.

Unas hebras de luz anaranjada anunciaron la salida del sol. Contemplarlo desde la cabina de mandos de la tetera era un espectáculo reconfortante. Sin embargo, ni siquiera las primeras luces del día consiguieron darle a Ágata la fuerza que necesitaba en aquellos momentos de flaqueza. Durante unos segundos, seducida por la belleza del amanecer, logró borrar de su mente al hombre-cuervo y el maldito frasco de vidrio. No le había resultado muy complicado atar cabos. La carta firmada por el Destripador le había descubierto la identidad de su cazador. Pensó en las tardes junto a León, patinando sobre el hielo. En el abrazo de despedida, en las torres del palacio de Wendy, en los inventos. Pensó en la escuela, en la vida que corría a toda velocidad como agua fresca de manantial.

—Ojalá estuvieses ahora aquí para atrapar una de mis lágrimas —susurró, en voz muy baja, dirigiéndose a León.

Los engranajes de sus ojos empezaron a moverse sin que ella fuese capaz de frenarlos. Fabricaron seis lágrimas: una por León; las otras cinco eran de rabia contenida, por las mujeres asesinadas por aquel salvaje que ahora iba tras ella. Nunca antes había sentido miedo. No así, de un modo tan intenso. Se abrazó a sí misma, tratando de encontrar consuelo, pero no lo consiguió.

Capítulo IX

Unicornio alado

Nuno despertó con el aroma del té. Corrió las cortinas del pequeño cubículo donde estaba su cama y se llevó una grata sorpresa. La tetera avanzaba por una inmensa pradera. A su alrededor todo era una explosión de color. Abajo verde intenso, como el cuerpo de una mantis, y arriba azul eléctrico. Aquella visión tan alegre lo puso de buen humor. Sin quitarse el pijama, se enfundó el casco-hélice y se dirigió a la cocina.

—Buenos días —saludó a sus compañeros de viaje—. ¿Dónde estamos?

Encontró a Ágata atareada delante de los fogones, preparando el desayuno. Estaba tan absorta que ni se dio cuenta de que Nuno llevaba el casco-hélice.

—Hace media hora que hemos llegado a la primera de las Praderas Flotantes —le contestó muy seria, sin dirigirle ni siquiera una breve mirada—. Tenemos que atravesarlas para llegar al País de los Perros, y después continuar hasta el Planeta de los Niños.

Nuno había leído algún libro la descripción de aquel lugar mágico: sabía que las Praderas Flotantes eran cinco, que tenían forma circular y que estaban suspendidas en el cielo.

—¿Por qué no me has despertado antes? —protestó—. Me gustaría haber visto la llegada a este lugar.

—Accedimos a través de un canal natural que asciende de manera progresiva —le informó Tic-Tac—. La pendiente, en su tramo más abrupto, es del 27 %, y conecta con la primera de las praderas. Para atravesar las otras cuatro hay que cruzar una serie de puentes colgantes.

—Espero que no tengas vértigo, porque vamos a pasar unas horas en las alturas —comentó Ágata con cierta desgana, poniendo unas tostadas de pan de centeno en unos platos sobre la mesa de la cocina—. Y ahora a desayunar, que tenemos un largo día por delante.

Las Praderas Flotantes eran grandes extensiones de hierba. La brisa las peinaba con delicadeza elástica, doblando cada brizna sin romperla. Era como una inmensa melena verde radioactiva que bailaba con el cálido soplido del viento del Sur. Bajo tierra moraban grandes criaturas viscosas que con el aire fresco de la mañana hacían agujeros para salir al exterior. Eran una raza de babosas gigantes, que a su paso dejaban un rastro venenoso y emitían vapores tóxicos. Esa toxicidad era la que provocaba que el verde de la hierba fuera tan intenso, casi fluorescente. Muchos viajeros perdían la vida en ese tramo de su periplo, ensimismados por el paisaje: la noche los sorprendía durmiendo plácidamente, y no había vuelta atrás. Cuando querían darse cuenta de lo que sucedía, las babosas estaban en todas partes, exhalando su aliento tóxico.

Nuno, ajeno a esa realidad, contemplaba el entorno con auténtica devoción. Era la primera vez que viajaba y para él todo era novedad y maravilla a partes iguales.

—¿Qué sucedería si la tetera volcase y saliésemos del trazado de alguno de los puentes? —preguntó el niño cuando estaban próximos a cruzar el primero de esos puentes colgantes—. Son muy estrechos, parecen peligrosos.

—Mejor no saberlo —murmuró Ágata, con la mirada fija en el camino.

Su talante había cambiado de manera radical al conocer la identidad del hombre que Cornelia había enviado en su búsqueda. Se mostraba malhumorada, esquiva y poco habladora. Antes de partir se convenció a sí misma de que estaba preparada para cualquier contratiempo. Como si las ganas de poner a Nuno a salvo y encontrar la cura para León fuesen suficientes. Y, de repente, la imagen de aquel hombre que ocultaba su rostro detrás de la máscara de cuervo había hecho tambalear toda su seguridad. Se sentía tan vulnerable... ¡Pero es que se trataba del Destripador! El asesino más sádico de todos los tiempos.

—Pareces enfadada, Ágata —le reprochó Nuno, que no comprendía aquel cambio tan drástico de actitud—. Mi hermano siempre me dice que eres testaruda e irritable, pero que tu sentido del humor eclipsa todo lo demás.

A ella le gustó escuchar aquella definición y los engranajes de sus ojos se movieron levemente. Le sucedía cuando algo la sorprendía o la emocionaba. No siempre era capaz de controlar su movimiento.

—Tu hermano es un bocazas —bromeó, intentando aparentar serenidad.

Pero la sombra del miedo planeaba sobre ella, oscureciendo su expresión.

—¿Vas a seguir preocupada mucho tiempo?

—El que sea necesario —murmuró ella.

—¿Ha ocurrido algo que deba saber? —insistió el chico, mirándola fijamente con los ojos llenos de curiosidad.

—Nuno, ¿nadie te ha dicho nunca que la curiosidad mató al gato? —le preguntó ella, esforzándose por sonreír.

—Vale, lo capto. Quieres estar sola y que nadie te moleste. Me voy a contemplar el paisaje por la ventanilla de mi habitación.

—Espera, Nuno. A veces soy un poco cabezona —le confesó—. No te vayas. Venga, pregúntame lo que quieras y prometo contestar la verdad.

—¿Lo que quiera? —repitió él dando un salto en el asiento, asimilando aquella oferta tan apetitosa —. Déjame pensar... ¡Vale, ya sé! ¿Es cierto que la directora quemó tus informes confidenciales y que no sabes por qué tienes ojos mecánicos? —le preguntó, aprovechando aquel instante que parecía propicio para las confidencias.

—Así es —le confirmó ella—. De eso ya hace varios años. Entré a escondidas en el archivo y Ofelia me descubrió. Cornelia tiró la carpeta con mis informes al fuego de la chimenea de la sala de juntas. Me obligó a presenciar cómo ardían hasta quedar reducidos a cenizas.

—León me contó que gritaste tanto que despertaste a media escuela.

—Me volví algo loca, sí. De hecho, salté encima de Cornelia y la agarré por el cabello. Tiré tan fuerte que le arranqué un par de jirones de pelo. Le llamé de todo, incluso cosas que por aquel entonces no sabía ni lo que significaban.

—¿Cómo cuáles?

—Nunca lo olvidaré: decrépita, malvada, aciaga y nauseabunda —le contestó Ágata, que por fin dejaba escapar una sonrisa.

—¡No me lo creo! —exclamó Nuno—. ¿Le llamaste nauseabunda a Cornelia?

—Se lo llamé, te doy mi palabra. Y hay algo que tal vez no sepas.

—¿Lo qué? —preguntó el niño, intrigadísimo.

—Uno de sus cuervos, su predilecto, quiso picarme en un ojo y se rompió el pico. Se le enganchó en uno de estos engranajes —añadió señalando su ojo izquierdo—. Cuando se lo conté a León, no se lo creía.

—Ágata —susurró Nuno.

Ella lo miró con dulzura, presintiendo que la pregunta que iba a formular a continuación era importante para él.

—¿Tú quieres a mi hermano?

Ágata permaneció en silencio, sin saber qué decir. En su cabeza, y también en su corazón, se apiñaron sentimientos contradictorios. Lo que sentía cuando estaba con León era una especie de fenómeno. Como la aurora boreal, con sus luces polares desmigajándose en el cielo. O como las nubes lenticulares que rodean las montañas más remotas con una inquietante apariencia fantasmal. Espectáculos tan hermosos que producen un extraño desgarro interior. Querer a alguien en un entorno como el de la Escuela de Artefactos y Oficios era un problema. Cornelia se ocupaba de poner trabas, de ahí que no permitiese que unos entrasen en las habitaciones de otros, ni que saliesen de sus cuartos más allá de las diez de la noche. Ágata estaba convencida de que su tía temía que los alumnos estableciesen alianzas y la cuestionasen.

Tic-Tac, que siempre permanecía alerta, pronunció unas palabras que tenía grabadas en la memoria:

—«El amor no sucede, amigo. El amor te mastica por dentro de una manera inexplicable».

Ágata sonrió, encantada de tener aquella complicidad con su amigo mecánico. Quería más a ese robot que a muchas personas a las que conocía. Era leal hasta el último tornillo.

—¡Sois una pareja muy rara! —protestó Nuno.

—¡Mira quién fue a hablar! Un niño volador que anda todo el día con una hélice plantada en la cabeza —le dijo ella, tratando de alejar de su pensamiento todo lo que le provocaba León.

Se había acostumbrado a negar sus sentimientos. Formaba parte de su día a día. Estaba pensando en esto cuando sucedió algo con lo que ninguno de ellos contaba. Ágata tuvo que frenar la tetera en seco para no atropellar a una extraordinaria criatura que acababa de cruzarse en el camino, en medio de la pradera.

—¡Cuidado, Ágata! ¡Frena! —la advirtió Tic-Tac.

Debido a la velocidad que llevaban, las ruedas derraparon unos metros hasta que, finalmente, se detuvo justo a tiempo, a escasos centímetros del asombroso ejemplar.

—Un unicornio alado —susurró ella, fascinada ante aquella visión. Nunca antes había visto uno—. Por poco te atropellamos, amigo.

Era blanco y brillante, y en el medio de la frente asomaba un cuerno trenzado que emitía una agradable luz lila. Aquella criatura los miró fijamente con sus extraordinarios ojos. Tenía uno de cada color y parecía querer decirles tantas cosas... O al menos Ágata así lo percibió. Se sintió atraída por el animal de un modo inexplicable.

Bajó deprisa de la tetera y se le acercó. Necesitaba acariciarlo, sentir su contacto, tomar la temperatura de su piel. El unicornio se dejó hacer. Permitió que ella le tocase la cabeza en una caricia prolongada. En aquel instante ocurrió algo que solo tiene un nombre: magia. De su cuerno comenzaron a surgir partículas de polvo lila que pulverizó sobre Ágata. Ella y el unicornio estaban conectando de una forma que escapaba al entendimiento humano.

Nuno y Tic-Tac observaban la escena desde el interior de la tetera. El niño tenía la piel de gallina en ambos brazos.

—¿Qué esta sucediendo? —le preguntó a Tic-Tac en un susurro, confiando en que el robot tuviese una respuesta.

—Están estableciendo la conexión. Estas criaturas solo se dejan tocar por personas de corazón puro, cuando hay una razón superior.

—¿Y qué significa eso? —Nuno no estaba entendiendo nada.

—Significa que la misión de Ágata es más importante aún de lo que pensamos. No se trata solo de encontrar al ermitaño. Hay algo más, y ella podría ser la elegida. Todavía no sabemos para qué, pero los acontecimientos nos darán la respuesta.

»Alguien lo ha enviado para decirle a Ágata que no se puede rendir, que del éxito de su misión dependen cosas importantes.

—¡Puede que el unicornio lo haya mandado León! —exclamó el niño, esperanzado.

Tic-Tac estuvo a punto de decirle que aquello no era posible. Su hermano no tenía fuerzas, ni tampoco su magia era de ese nivel. Pero en el último momento, se calló. El niño y el robot continuaron contemplando la escena en silencio. Ágata peinó con sus dedos la melena blanca del unicornio y lo estrechó entre sus brazos. Entonces, el unicornio se acercó a su oído y empezó a hablarle. Su voz era múltiple, como si hablasen muchos unicornios al mismo tiempo:

«No puedes rendirte, Ágata. Hay muchas cosas importantes que dependen del éxito de tu misión. Pronto comprenderás que este viaje no te concierne solo a ti y a tus amigos. Confía en ti misma. Te necesitamos».

Después de transmitirle el mensaje, el unicornio empezó a cantar en bajito en una lengua muy antigua. Esa balada era la prueba de que el vínculo con la humana se había realizado con éxito.

Antes de partir, el animal inclinó la cabeza para que ella lo acariciase por última vez. Luego se irguió sobre las patas traseras y galopó en dirección al puente colgante que unía aquella pradera con la siguiente.

—Hasta pronto —susurró Ágata.

Por primera vez desde que había visto la imagen del Destripador a través de la proyección de Tic-Tac, se sintió reconfortada. El unicornio le había ayudado a recuperar la fe en sí misma. Ahora sabía que su misión era más importante de lo que ella imaginaba y esa idea le dio fuerzas.

Ágata sonrió y regresó al interior de la tetera preparada para continuar el viaje.

Capítulo X

Una sonrisa amarga

El dormitorio de Wendy era inmenso, y la altura de los techos del palacio hacía incrementar aún más la sensación de amplitud. En el centro estaba la cama, una estructura de madera labrada con dosel. Las cortinas eran de seda lila, con unicornios blancos, el emblema de la Casa Albina, bordados. Era considerado un símbolo que atraía la buena suerte. Del techo colgaba una lámpara que imitaba a la perfección la forma de un globo aerostático. Al fondo, junto a la ventana, había un escritorio de madera maciza tallada con motivos vegetales y una vitrina con docenas de libros de magia blanca. Algunos de ellos tenían cientos de años. Habían pasado de generación en generación y constituían un tesoro de enorme valor. Pero lo más singular del cuarto de la reina no era la ornamentación, ni los libros de magia. Lo más singular eran los cuadros que decoraban la pared frontal, presidiendo la estancia.

Ese espacio era conocido como la Galería de las Albinas. Había retratos de todas las brujas que habían formado parte del clan. En un lugar destacado de la galería estaba su querida Sophie la Albina. La de los dientes de acero templado, la que jamás se quitaba la chistera blanca. Había muerto en combate, en la épica batalla contra el Clan de las Córvidas. No dejó de sonreír ni siquiera cuando su enemiga le atravesó el pecho con una mano y le arrancó el corazón para devorarlo allí mismo, delante de ella. «¡Ojalá te atragantes!», le dijo ella, justo antes de dejar de respirar. Pronunció aquellas últimas palabras con la sonrisa de acero dibujada en el rostro y los ojos clavados en su asesina, consciente de que había llegado el fin de sus días de magia y gloria. Cuando Wendy descubrió a su querida Sophie con un agujero en el pecho y a Cornelia devorando los restos de su corazón, enloqueció. Quiso destrozarla allí mismo, arrancarle el alma de cuajo, pero no pudo. Cornelia era una protegida y tenía demasiadas brujas de su clan pendientes de que saliese ilesa de aquella batalla. Wendy jamás le había perdonado aquello. Para ella Sophie era intocable.

En aquella singular galería también había un retrato de Renata la Albina, una bruja que tenía atornillado en el cráneo, a la altura del ojo izquierdo, un aparatoso monóculo con el que leía los pensamientos de los humanos. Otro cuadro representaba a Feli la Albina, que tenía cabeza de gata. Había perdido la suya en un enfrentamiento con una criatura oscura, pero consiguieron hacerle un trasplante a tiempo, salvándole la vida. Para tal operación emplearon la cabeza de una gata de angora blanca. Feli sobrevivió cinco meses. Las jaquecas que padeció desde el trasplante fueron insoportables, sin nada que consiguiese mitigar el dolor. Después de probar todo tipo de remedios, hierbas medicinales y pócimas, se suicidó de un modo bastante espectacular. Utilizó un artefacto de diseño propio para autoguillotinarse durante una de sus horribles jaquecas. Sus últimas palabras fueron: «¡Larga vida a las gatas de angora!». Después, su cabeza felina rodó por el suelo como una pelota.

Cuando fallecía una Albina, la tradición decía que la retratista oficial inmortalizase a la muerta con una mezcla de pintura elaborada a partir de su sangre. Por eso siempre había dos guardias custodiando la puerta del cuarto de Wendy, estuviera ella dentro o no. Porque el alma de las Albinas habitaba en aquellos cuadros y eso era algo que había que proteger por encima de todo.

La reina llevaba unas horas tumbada, intentando reponerse del enorme esfuerzo que había hecho. Primero había usado una gran cantidad de magia para enviarle el mensaje a Ágata a través de su tatuaje y que supiese que su persecutor era el Destripador. Luego, la transformación en unicornio y la carrera desenfrenada para alcanzar la tetera. Y el broche final, al establecer la conexión y cantar la balada de los unicornios en la lengua antigua. Estaba exhausta. No le había dejado alternativa. Conocer la identidad del asesino había provocado en Ágata perdiese la confianza. El miedo es un mal compañero de viaje, sobre todo cuando tienes entre manos una misión tan importante. Wendy tenía que hacerle entender que el Clan de las Albinas la necesitaba. No se trataba tan solo de poner a Nuno a salvo. Era vital para el país que Ágata encontrase la caverna donde moraba el ermitaño. Pronto sabría el motivo. Todo a su debido tiempo.

Wendy podía percibir las miradas de aprobación de todas las Albinas que componían la galería. La observaban con respeto desde sus retratos. Incluso se dio cuenta de que Sophie la Albina le dedicaba una tímida sonrisa de acero templado. Aquello la reconfortó. Había decisiones que le costaba muchísimo tomar. A veces tanta responsabilidad la ahogaba. Saber que contaba con el apoyo de las antiguas Albinas le daba fuerzas y también le proporcionaba cierta calma.

Máximo llevaba varias horas de pie, junto a la puerta de los aposentos de la reina. Se negaba a abandonar el puesto. No era habitual que el jefe de la guardia real hiciese ese trabajo, pero no se fiaba de nadie, ni siquiera de los hombres que estaban a su cargo y que habían sido adiestrados para custodiar a la reina. Tenía la sensación de que estaba en peligro. Y a pesar de que ella no necesitaba escolta, puesto que era lo suficientemente fuerte para defenderse por sí misma, Máximo se quedaba más tranquilo estando cerca. Además, algo grave tenía que estar sucediendo. Wendy jamás pasaba una mañana entera encerrada en su cuarto.

—Max —lo llamó ella, por fin.

El guardia sintió cierto alivio cuando escuchó su nombre. Empezaba a preocuparse de verdad. Entró en el cuarto y cerró la puerta. Encontró a Wendy en la cama, con la espalda apoyada sobre un montón de cojines y almohadas. Tenía cercos oscuros debajo de los ojos y parecía haber perdido peso en las últimas horas. Como si se hubiese consumido de repente. Como si hubiese hecho magia muy poderosa.

—Necesito que le escribas una carta a Cornelia y se la hagas llegar lo antes posible —le pidió ella.

—Pero majestad, ¿no será mejor esperar a que se encuentre mejor? No tiene buen aspecto. ¿Qué le sucede?

Máximo tan solo había visto enferma a la reina en una ocasión: después de la batalla contra las Córvidas. Las Albinas gozaban de una salud de hierro, pese a su frágil apariencia.

—No es nada grave, verás como me recupero enseguida. Me he mostrado delante de Ágata —le explicó—. Descubrir la identidad del Destripador fue demasiado para ella. El éxito de la misión se estaba tambaleando y eso es algo que no puedo permitir. Ágata me necesitaba —concluyó.

Max se agarró a la estructura de la cama. Necesitaba un punto de apoyo. Él era el único en todo el palacio que conocía el secreto de las Albinas. El único que sabía que la apariencia humana del clan era una fachada para poder convivir con cierto grado de normalidad en la tierra. Las Albinas eran unicornios, igual que las Córvidas eran cuervos. Él siempre había albergado la esperanza de que algún día la reina traspasaría con él esa barrera. Que se mostraría delante de él tal y como era realmente: como una criatura mágica. Un hermoso unicornio blanco de larga crin y cuerno trenzado. No tenía derecho a sentir celos, pero ¿cómo evitarlo? «¿Por qué Ágata antes que yo?», dijo para sí.

Una punzada de dolor le atravesó el vientre. Llevaba años entregado en cuerpo y alma a la causa Albina. Daría su vida por Wendy, o por cualquiera de las otras integrantes del clan, de darse el caso.

—¿Por qué no me avisó, majestad? —le preguntó él.

—Porque tratarías de disuadirme. En esta ocasión no había otra alternativa.

Máximo no dijo nada. Permaneció en silencio, masticando aquella información que se le atragantaba.

—El siguiente paso es exigirle a Cornelia que detenga sus experimentos —prosiguió Wendy—. Necesito hacerle llegar una carta. Estoy segura de que no va a atender mis peticiones, pero en este momento tiene que imperar la cordura y el carácter conciliador. Te ruego que escribas lo que te voy a dictar.

Máximo no se opuso a la petición de la reina. Se acercó al escritorio, cogió una pluma y papel de carta y se sentó en una silla, al lado de la cama de Wendy.

—Cuando quiera —murmuró, dispuesto para escribir.

Wendy cerró los ojos. Necesitaba aislarse de todo lo que le rodeaba para encontrar las palabras adecuadas. Llevaba tanto tiempo sin dirigirse a Cornelia que no sabía ni por dónde empezar. El cansancio le impidió percibir la desgana de Máximo, su excesiva seriedad, el brillo de la decepción chispeando en sus ojos. La reina comenzó a hablar con un hilo de voz:

Respetada Cornelia:
Me veo en la obligación de dirigirme a ti después de este largo periodo de paz...

Máximo escribió cada palabra como un autómata. La voz de Wendy lo lastimaba de una manera inexplicable. Él era su hombre de confianza, su mano derecha. No podía consentir que actuase dejándolo al margen de aquella forma. Le pareció cruel. Él no merecía eso.

—Max, ¿estás bien? —le preguntó ella. Acababa de abrir los ojos y le pareció intuir cierta amargura en el rostro de su leal compañero.

—Perfectamente, majestad —disimuló el hombre, intentando que su caligrafía fuese lo más correcta posible.

—Tengo frío —susurró Wendy.

Un profundo escalofrío acababa de sacudirle el cuerpo. El cansancio estaba pasándole factura, y no solo por todos los kilómetros que había recorrido. La transformación implicaba un desgaste tan grande de energía que luego tardaba varios días en reponerse. Volvió a cerrar los ojos y se quedó dormida a los pocos segundos. Máximo se levantó de la silla y observó con fascinación cómo su pecho blanquísimo se hinchaba y deshinchaba a un ritmo acompasado.

—Mi reina —murmuró atreviéndose a acariciar su cabello.

Se inclinó sobre ella acercándose de manera peligrosa a sus labios. No se atrevió ni siquiera a rozarlos, pero para eso tuvo que luchar contra sus deseos. Haciendo de tripas corazón, se limitó a permanecer así, tan cerca de ella, llenándose del aroma único de su piel de unicornio.

—Ojalá fueses humana, Wendy —dijo muy bajito, convencido de que ella dormía.

A continuación, inspiró profundamente para llenarse de su aroma y echó a andar hacia la puerta. Wendy entreabrió los ojos y lo miró de reojo, sin mover ni un solo músculo. «Maldita sea», dijo para sí. En la pared frontal de la estancia, Sophie la Albina, la de los dientes de acero templado, volvió a sonreír desde su retrato. Sin embargo, en esta ocasión, la suya fue una sonrisa amarga.

Capítulo XI

Tres plumas negras

T an pronto como Máximo y los dos soldados que lo acompañaban pusieron un pie en el recinto de la Escuela de Artefactos y Oficios, empezaron a salir arañas mecánicas hasta de debajo de las piedras. Aquella masa negra invadió la escalinata central, cubriendo por completo el granito azul del suelo. La puerta principal se abrió de golpe y una bandada de cuervos la atravesó de forma feroz, provocando una corriente de aire.

Empezaron a volar en círculos alrededor de los hombres de Wendy, batiendo sus alas con una potencia elástica. Era un contraste curioso. Los tres hombres iban vestidos con los colores de la Casa Albina: pantalón y levita de color crema y camisa lila. Alrededor del cuello llevaban anudado un pañuelo de seda estampado con unicornios. Parecían una isla de luz sobreviviendo en el centro de un océano tenebroso que los cercaba sin remedio. Aquella puesta en escena era intimidatoria, pero a quien de verdad había que temer era a Cornelia. Apareció con la fuerza de una criatura poderosa y oscura. Atravesó la puerta de la escuela y comenzó a caminar con aquella elegancia tan particular. Su silueta negra se fue abriendo paso entre las arañas, que se iban apartando a un lado, formando un corredor a medida que ella avanzaba. Bajó la escalinata con una calma exasperante. A cada paso que daba, su presencia ganaba fuerza. Llevaba el cabello recogido en un moño perfecto que, de repente, empezó a moverse de manera inquietante. Un cuervo salió de dentro y echó a volar, uniéndose a la bandada que rodeaba a Max y a sus hombres. «Es ella quien fabrica los cuervos», pensó el jefe de la guardia real.

Los hombres de Máximo tragaron saliva. Tener miedo no era ningún pecado, no se avergonzaban por eso. Ellos sabían gestionarlo. Pero aquella mujer les provocaba sensaciones difíciles de describir. No era hija de este mundo.

—¿Qué te trae hasta mi escuela, soldado de Wendy? —Cornelia se dirigió a Máximo.

Hablaba desde un plano superior. Consideraba a aquel hombre tan insignificante que ni siquiera pronunció su nombre. Y eso que eran viejos conocidos.

—Vengo a entregarte una carta de la reina —contestó él, tuteándola a propósito, tal y como ella acababa de hacer.

Echó mano al bolsillo interior de la levita. Aquel gesto provocó que los cuervos comenzasen a volar muy cerca de su cabeza, dispuestos a atacar en el caso de que fuera necesario.

—No voy a sacar ningún arma —advirtió Máximo, ante la incómoda proximidad de las aves.

—Más te vale. Recuerda que estás en mis dominios —le advirtió.

La mujer chasqueó los dedos y los cuervos se alejaron unos centímetros de Máximo. Él sacó la carta del bolsillo y se la entregó a Cornelia.

—Eso es incorrecto —replicó él, que no estaba dispuesto a dejarse pisar—. Estoy en los dominios de Wendy, la reina de este imperio. Llevas demasiados años jugando a sentirte libre dentro de esta escuela y empiezas a confundirte. Nada te pertenece. Ni siquiera esta institución.

—El único confundido que hay aquí eres tú, que vienes a darme lecciones a mi propia casa. ¿Cómo te atreves? ¡Eres un simple humano!

—Y tú eres una simple bruja negra que contaminas todo con tu ponzoña.

—Un desplante más y no sales vivo de aquí —sentenció ella.

A continuación, abrió la boca para demostrarle que hablaba en serio, pero también porque no se pudo contener. De su interior salió la cabeza de un cuervo. Graznó de modo amenazador y se volvió a ocultar. Un escalofrío sacudió a Máximo.

La imagen era aterradora. No podía seguir tensando la cuerda. Sus hombres permanecían a su lado, con las lanzas en posición de ataque, dispuestos a lo que fuese preciso para defenderlo.

—¡Soldados, a palacio! —les ordenó con voz firme, echando a andar hacia el portalón de la entrada—. Aquí ya hemos hecho nuestro trabajo. Hasta pronto, Cornelia. Wendy espera tu respuesta.

Ella le dirigió una mirada de desprecio y triunfo.

—Lacayo insignificante —bufó entre dientes, observando cómo se alejaba—. Debería arrojarme sobre ti y picar tu cuerpo hasta dejarte sin una sola migaja de carne.

En ese instante comenzó a resonar por todo el jardín una música divertida. Una pareja de niñas estaba probando un invento en el recinto exterior de la escuela. Llevaban vestidos estampados con rombos rojos y negros y chisteras a juego. Iban montadas en un gramófono reconvertido en un vehículo de cuatro ruedas que accionaba mediante tracción física. Una de las niñas, la mayor, pedaleaba haciendo sonar la música y la otra se encargaba de controlar el disco de vinilo que giraba en el plato. Parecían satisfechas y felices con aquella creación. La pequeña levantó la mano para saludar a la directora. Quería que se fijase en ellas y se sintiese orgullosa. Llevaba solo unas semanas en la escuela. Cornelia no pudo soportarlo. Le molestaba la música y le molestaba el invento. Pero, sobre todo, le molestaba la alegría desbordante de aquellas niñas. Dirigió su mirada al altavoz del gramófono y se concentró hasta que lo hizo escupir cuervos, uno detrás de otro. El disco empezó a girar a muchas revoluciones. Salió disparado del plato y la música cesó por fin. Cornelia respiró aliviada.

—Niñas amputadas, ¿qué hacéis aquí fuera? —les preguntó con desprecio—. ¡Para dentro, ya! Y sacad ese aparato de mi vista —añadió, sin dejarlas contestar.

Las niñas bajaron la cabeza y desaparecieron en el acto. Los cuervos regresaron con su madre. Algunos se metieron en el interior del pelo, otros en las mangas de la blusa y los restantes se posaron sobre sus hombros. Cornelia miró a su alrededor para asegurarse de que estaba sola y nadie iba a molestarla. A continuación, sacó la carta del interior del sobre y empezó a leer.

Respetada Cornelia:

Me veo en la obligación de dirigirme a ti después de este largo periodo de paz. Conozco el contenido de tus últimos experimentos. Si no he intervenido antes, es porque he querido darte la oportunidad de rectificar. Siempre pensé que acabarías entendiendo por ti misma que el pacto está por encima de tus ansias de poder, pero veo que tu codicia no tiene límites. Desatar un enfrentamiento ahora tendría consecuencias irreparables. Por el bien de nuestros clanes, te ruego que recapacites. Ordénale al Destripador que se entregue a la policía. Tiene que pagar por sus aberrantes crímenes.

Lo que más siento es no poder hacer nada por esas mujeres asesinadas. Estoy segura de que el futuro hará que paguéis un precio muy alto. Mientras tanto, aguardo tu respuesta, deseando por el bien de todas que encontremos un punto de encuentro.

¡Larga vida al Clan Albino!

LA REINA WENDY

Cornelia estrujó el papel con rabia.

—Qué hastío me produces, Wendy —dijo con desdén.

Estiró la mano derecha y un cuervo con el pico roto caminó a lo largo de su brazo hasta posarse en la palma. Cornelia lo miró a los ojos con una ternura inusitada:

—Hijo, debes encontrar al Destripador y decirle que he cambiado de opinión. Necesito que me traiga a Ágata viva. Yo misma me encargaré de vaciar sus entrañas. Anularé su voluntad como hice con la mujer de Whitechapel. La privaré de su inteligencia. Esa me parece una excelente venganza.

El cuervo graznó, dándole a entender a su madre que había comprendido el mensaje, y luego echó a volar, dispuesto a cumplir la encomienda. Cornelia respiró con cierto alivio. La decisión que acababa de tomar la hacía sentir un poco más cerca de la liberación. Llevaba demasiado tiempo fingiendo ser alguien que no era. Una integrante del Clan de las Córvidas no podía vivir con las alas seccionadas. El pacto con las Albinas la había limitado en exceso y no estaba dispuesta a seguir sometida. Treinta años habían sido más que suficientes. De ahora en adelante haría lo que su instinto le dictase en cada momento.

La gobernanta de la Escuela de Artefactos y Oficios salió del edificio en aquel instante, y observó a Cornelia desde la puerta.

—Querida, ¿qué sucede? —dijo en voz muy baja.

La directora la observó desde la distancia, y sonrió.

—Todo está bien —susurró.

Una ráfaga de viento hizo ondear la falda de su vestido y tres plumas negras cayeron al suelo. En ese mismo momento, León se revolvió en su cama. Acababa de despertarse de una pesadilla en la que Nuno y Ágata eran asesinados de un modo atroz. Cornelia abría sus abdómenes con un bisturí y de las heridas empezaban a brotar cuervos. León los llamó a gritos, pero nadie acudió a consolarlo y tuvo que tragarse sus propias lágrimas.

Capítulo XII

El dilema del Destripador

—*Que asomen los intestinos, quiero ver tu hígado, quiero tus riñones, también tu corazón.*

El Destripador canturreaba de manera desenfadada mientras surcaba con su aeronave aquel cielo encapotado. Uno de los equipos de la Escuela de Artefactos y Oficios la había diseñado en exclusiva para él. Era alguien importante. Cornelia no hacía regalos de ese tipo así como así. Era una mujer astuta, fría e implacable. Y lista. Muy lista. Por eso lo había escogido a él para llevar a cabo un encargo tan especial. Jack pensaba en todo esto pilotando su máquina entre las nubes cargadas de lluvia. Era un ingenio que llamaba la atención por su estética tan conseguida. Una auténtica pieza de coleccionista.

El Destripador viajaba de pie, controlando con el timón la trayectoria del vehículo. Parecía la estructura de un sofisticado barco del futuro. Medía unos cuatro metros de largo por dos de ancho. La parte central recordaba la balconada de un palacio modernista. Tenía siete pequeñas columnas que imitaban a la perfección la forma y textura rugosa de las patas de los elefantes. El vehículo estaba pintado de negro y decorado con filigranas doradas que recorrían toda la parte frontal componiendo una delicada cenefa. En diferentes partes de la cubierta había mosaicos de marfil. Cornelia había ordenado la caza de varios ejemplares de elefante africano para crear aquellas piezas decorativas a partir de sus colmillos.

La aeronave estaba dotada de seis hélices: dos de gran tamaño integradas en la propia cubierta, una en la parte delantera y otra en la trasera. Eran dos barras trenzadas, de unos tres metros de alto, coronadas por hélices de cinco aspas, como si fuesen grandes flores mecánicas. Las cuatro hélices restantes estaban incorporadas en los laterales, en la parte alta de unas piezas cilíndricas recubiertas con un material transparente. De ese modo quedaban a la vista todos los engranajes, tuercas, roscas y ruedas dentadas que componían aquellas estructuras.

El Destripador se sentía poderoso a bordo de la sofisticada nave. Su capa negra ondeaba al viento con una elegancia casi mágica. Se imaginó desde fuera, consciente de que la máscara de gas le daba la apariencia de una criatura mitad hombre, mitad cuervo. Eso le satisfacía. No era un vulgar homicida. Era un exquisito asesino sin rostro que tenía en jaque a las autoridades. La repercusión de sus crímenes estaba alcanzando cotas inimaginables, convirtiéndolo en una leyenda. Ese pensamiento lo hizo estremecerse de júbilo. Tenía grabados todos los crímenes que había cometido con tal nitidez y cantidad de detalles, que a veces se sorprendía de su propia memoria. El primer asesinato había sido el de Mary Ann Walker, una prostituta conocida en Whitechapel por el apodo de Polly. Alcohólica, madre de cinco hijos y sin medios para vivir con un mínimo de dignidad. De ella recordaba con especial intensidad el olor de la ropa sucia, de la piel y de su aliento. Era un hedor intenso, difícil de soportar. Le rebanó el pescuezo casi en el acto, con la esperanza de que el aroma metálico de la sangre anulara todo lo demás.

—Polly, Polly, Polly... —musitó Jack—. Fue tan sencillo acabar contigo que me inspiras ternura.

Después le llegó el turno a Ana Eliza Smith, conocida en los bajos fondos como Dark Annie. También prostituta y alcohólica. El procedimiento para el asesinato fue similar al de Mary Ann: un profundo corte en el cuello. Pero la leyenda del Destripador había empezado de verdad a tomar cuerpo en la madrugada del doble acontecimiento. El aquella noche del 30 de septiembre cometió dos crímenes. El primero no salió tal y como tenía pensado. Los gritos de la víctima, una prostituta llamada Elisabeth Stride, lo obligaron a acabar con ella como si fuese un mero principiante. Por esa razón fue a por su segunda víctima: Catharine Eddowes. El riñón que le había enviado al comisario era suyo.

Una fuerte ráfaga de viento golpeó la parte frontal de la aeronave. Jack El Destripador sintió un frío repentino. Le gustaba esa sensación, lo hacía sentir vivo. Le entraron ganas de gritarle al mundo que estaba allí, en las alturas, dominándolo todo. Que era poderoso e inteligente. ¡Cuánto valoraba él la inteligencia en las personas! Era una cualidad de la que se sentía orgulloso. Si no lo hizo, si no gritó delante del timón de su fantástica aeronave, fue porque apareció un cuervo que se posó sobre su hombro izquierdo. El asesino reparó en que tenía el pico roto.

—Te envía Cornelia, ¿verdad?

Como toda respuesta el cuervo graznó y permaneció con la mirada fija en sus gafas negras. El pájaro tenía los ojos redondos como dos botones, o mejor dicho, como dos bolas de cristal. Dos caramelos con una espiral roja en el centro que empezó a girar y girar. El asesino no quería ni podía alejar la vista de aquella espiral hipnótica. La voz de Cornelia comenzó a resonar en su mente con total claridad:

«Tienes que traerme a Ágata con vida. Quiero matarla con mis propias manos. Es una orden. Debes controlar tus instintos. Viva. La quiero viva».

La espiral roja continuaba girando en los ojos del cuervo.

—Viva —murmuró Jack, decepcionado—. La quiere viva.

Un relámpago iluminó el cielo y empezó a llover con fuerza. El cuervo graznó una vez más y salió volando para emprender el regreso. Tenía que volver a la Escuela de Artefactos y Oficios. Jack no entró en la cabina de la aeronave para guarecerse del diluvio. Permaneció allí fuera, a la intemperie. La lluvia fue empapando su ropa hasta hacerlo temblar. Le parecía tan injusta la decisión de Cornelia... Él tenía en la cabeza a aquella presa y ya no había vuelta atrás. En su máquina aspiradora existía un hueco reservado para el alma de Ágata. Además, ya había definido en su mente el modo de asesinarla. Le extirparía la lengua y el corazón. Necesitaba tener aquel órgano caliente entre sus manos, sentirlo apagarse en su último latido.

—¡Ágata es mía, Cornelia! —se atrevió a decir en voz alta, convencido de que aquella joven le pertenecía por derecho.

Como si fuese un mero objeto y no una persona. Un nuevo relámpago iluminó el cielo con un estallido plateado. A los pocos segundos, un potente trueno sacudió la aeronave con furia. La respuesta del Destripador fue clara:

—*Que asomen los intestinos, quiero ver tu hígado, quiero tus riñones, también tu corazón.*

Capítulo XIII

La Ciudad de los Perros

Las vistas desde el último puente colgante fueron un regalo. Jamás olvidarían aquella imagen. Debajo de ellos las nubes palpitaban cambiando de color: blanco puro, ahuesado, con vetas azules, gris ceniza, violáceas... Conformaban una masa inmensa que en algunas zonas crecía hacia arriba, como farallones montañosos. Las más altas estaban pobladas de cristales de hielo, creando auténticas obras de arte. En aquella zona había tormentas eléctricas eternas. Por momentos parecía que las nubes iban a estallar. Se hinchaban y chocaban unas contra otras lanzando rayos que se abrían en el cielo como telarañas. Contemplaron aquel espectáculo sabiendo que era muy difícil que volviesen a ver algo así.

—Ágata, acabo de avistar la brecha —la informó Tic-Tac.

Ella cogió los prismáticos y observó en silencio.

—Se le acaba de poner cara de momia —le dijo Nuno a Tic-Tac en voz baja.

—Lanzarse al vacío en una tetera en marcha con un niño y un robot a mi cargo no es cualquier cosa —murmuró ella.

La brecha cósmica era una enorme grieta en el suelo, de quince metros de ancho y decenas de kilómetros de largo. Las indicaciones del mapa eran claras: no había que atravesar la brecha, sino penetrarla. Entrar en ella, lanzarse al vacío. Algo que solo alguien de una gran valentía sería capaz de hacer.

—Agarraos muy fuerte —les advirtió—. Vamos a hacerlo. No tenemos alternativa. ¿Estáis preparados?

Sin esperar a que contestasen, pisó a fondo el acelerador. En el momento de perder el contacto con el suelo, Ágata gritó y Nuno se unió a ella. Fue un grito liberador que les ayudó a superar aquel momento. Se lanzaron al vacío. Solo veían oscuridad y pequeños puntos de luz que parecían estrellas. Al adentrarse en la brecha se volvieron ingrávidos. Descendieron lentamente, como si la tetera llevase acoplado un paracaídas gigante. El paisaje cambió de forma radical cuando tomaron tierra. Avanzaron por una llanura desértica. Apenas había vegetación. El horizonte era monótono y sofocante. Kilómetros y kilómetros de arena, piedra y un sol abrasador. Ágata se alegró de haber instalado un sistema de refrigeración de aire en la tetera. Eso facilitaba el viaje.

En medio de aquel desierto Ágata pensó mucho en el encuentro con el unicornio. Desde entonces se sentía distinta. Temía con cada célula de su cuerpo a aquel hombre que la perseguía, pero ahora era consciente de que no estaba sola. Aquella criatura mágica la acompañaba en su periplo y permanecía vigilante. Si en algún momento la necesitaba, aparecería. Además, también estaban Tic-Tac y Nuno. Y León. León asomando entre la niebla cruel de la ciudad, León patinando a su lado sobre el hielo estrellado del Lago de Plata, León ayudándola a sobrevivir en la deriva de aquel mundo tan complejo. Solía repetirse que no necesitaba a nadie más que a ella misma para seguir adelante. Y en el fondo, así era. Pero León la alejaba de la soledad y prendía una luz en su interior. La hacía sentirse importante. Juntos tenían tantos recuerdos que no recordaba la vida antes de él.

—¿Qué haré sin ti, León? —se preguntó con tristeza, consciente de que tenía las horas contadas si no encontraba la guarida del ermitaño.

Tener la vida de una persona en tus manos provoca una revolución interior. Las tripas se retuercen de una manera encarnizada y llega el frío interior. Al ver a León tumbado en la cama con las manos azules, el signo de la muerte inminente, le había estallado dentro aquella maldita bomba de frío. Agarrada a los mandos de la tetera no podía dejar de pensar en que solo lograría deshacerse de esa sensación si lo salvaba.

—¿Dónde estamos? —la interrumpió Nuno, que se frotaba los ojos. Tenía unas marcas de la almohada en una mejilla.

—Pareces una cebra —le dijo Ágata, revolviéndole el cabello—. Tienes la cara llena de rayas.

—¡Mi casco! —exclamó él con nerviosismo, al darse cuenta de que no lo llevaba.

Corrió a su cuarto, se puso en la cabeza aquel invento que ya era una auténtica extensión de sí mismo y volvió donde estaban Ágata y Tic-Tac.

—Estamos a punto de llegar a la Ciudad de los Perros —le informó Tic-Tac.

—Pero ¿otra vez? —les riñó Nuno—. ¡No es justo! Primero me perdí la llegada a las Praderas Flotantes y ahora esto.

—Nuno, me dio pena despertarte —le explicó Ágata con dulzura—. Estabas tan dormido que no quise molestarte. Además, no te has perdido nada del otro mundo. Llevamos horas atravesando este desierto.

Avistaron su siguiente destino cerca del mediodía. Nuno llevaba un par de horas muy inquieto. No aguantaba más en el interior de aquel vehículo. Necesitaba salir a respirar aire puro.

La Ciudad de los Perros era muy antigua, con unas normas propias y habitantes que no admitían a cualquiera. Ágata era consciente de que aquella parada no iba a ser fácil, pero por dentro ansiaba conocer a aquellos ciudadanos sobre los que existían tantas leyendas urbanas.

Tan pronto la tetera entró en la ciudad, aparecieron dos corpulentos motoristas que les dieron el alto. Iban en motocicletas de tres ruedas y viajaban ligeramente reclinados, agarrando con contundencia los manillares. Ambos vehículos estaban pintados de blanco brillante y tenían infinidad de adornos plateados. Los motoristas se quitaron el casco e hicieron un gesto para que Ágata, Tic-Tac y Nuno bajasen del vehículo.

—¡Son perros! —exclamó Nuno, señalándolos con el dedo.

—¡Pues claro! ¿Qué esperabas? —le dijo Ágata—. Venga, abajo.

Los motoristas eran dos bulldogs. Tenían un tamaño considerable. Iban enfundados en monos de cuero negro y cazadoras de piel. Uno de ellos tenía el pelaje atigrado y el otro era blanco con manchas marrones. El atigrado sacó una caja de cigarros del bolsillo de la cazadora y encendió un pitillo.

—Estábamos esperándoos —dijo justo antes de exhalar una nube de humo.

Tenía la voz ronca, como si llevase muchas noches sin dormir, fumando sin parar. Y algo de eso había.

—Yo soy Ágata, y estos son mis amigos Nuno y Tic-Tac —se presentó ella, intentando ser amable.

—Lo sabemos, humana. Estamos al tanto de todo, ¿o qué te crees? —le contestó el perro de forma cortante.

El bulldog blanco se bajó de la moto y se acercó a los tres amigos. Los miró de arriba abajo, sin disimular. Nuno no era capaz de quitarle la vista de encima. Lo miraba asombrado. Aquello no parecía real. ¡Eran perros que caminaban y vestían como humanos!

—¿A ti nadie te ha enseñado que mirar a la gente con descaro es de mala educación? —le preguntó el perro al niño.

—¿Y tú? —replicó Nuno—. Estás haciendo lo mismo con nosotros.

—Vosotros sois forasteros. Extraños, humanos y peligrosos.

¿Extraños? ¡Pero si ellos eran perros! Nuno no podía creerlo. Le iba a contestar que de peligrosos tenían muy poco, pero intervino Ágata:

—Disculpad a mi hermano. Es un niño.

Ella sabía que a Nuno le indignaban aquel tipo de comentarios, aunque su intención fuese buena. «Es un niño». Como si ser un niño fuese una tara o lo colocase en un plano inferior. «Yo soy un niño muy listo. Mucho más que algunos adultos», quiso decir él, pero no lo hizo. Algo le decía que era mejor ser prudente y fiarse de Ágata. Parecía controlar la situación.

—Este humano pequeño no es tu hermano —le espetó el bulldog que fumaba—. Los de vuestra especie sois unos maestros del embuste.

—Para mí es como si lo fuese. Está a mi cuidado y eso es suficiente.

—Tonterías —replicó el fumador—. Venga, coged vuestro aparato humeante y seguidnos. El rey Dogo quiere hablar con vosotros. Y que no se os ocurra intentar huir. Estáis más vigilados de lo que pensáis y no nos gustaría tener que recurrir a la fuerza.

«No es necesaria tanta hostilidad», Ágata no comprendía por qué los trataban así. Los habitantes de la Ciudad de los Perros tenían fama de ser reservados, incluso poco sociables. Pero aquel trato era otra cosa muy distinta. Como si les tuviesen inquina sin ni siquiera conocerlos. Los tres amigos subieron a la tetera y se pusieron en marcha.

—¿El rey Dogo? ¿Y ese quién es? —preguntó Nuno, en el interior del vehículo.

—Aquí tienen su propio sistema de gobierno —le explicó Ágata—. El rey Dogo lleva gobernando siete años.

—¿Cómo sabes todas esas cosas, Ágata?

Ella señaló a Tic-Tac y le pasó el brazo por encima de los hombros de manera cariñosa.

—Mi querido amigo Tic-Tac lo sabe todo. Es el mejor compañero del mundo.

El robot la miró fijamente en silencio. Si no fuese porque era una máquina, Ágata diría que sus ojos brillaron de una forma especial, con una chispa de emoción.

En ese momento, cayó en la cuenta de que se estaban quedando atrás. Los bulldogs se habían despegado de ellos. Sus motocicletas circulaban mucho más rápido.

—Ahora veréis —masculló, dispuesta a demostrar que la tetera estaba a la altura.

Aceleró por la pista de tierra hasta alcanzarlos. De ese modo penetraron en el corazón de la ciudad. Nuno señaló a una pareja de dóbermans que iban cogidos del brazo por la acera. Tenían un porte envidiable. Eran muy estilizados, pura fibra, y vestían trajes de buena calidad. Él llevaba un refinado bastón y ella fumaba de una pipa. Pero lo más sorprendente de aquella pareja no era su atuendo, ni sus lujosos complementos, ni tampoco el hecho de que fuesen bípedos. Lo más sorprendente era que llevaban un humano sujeto con una correa. Se trataba de un hombre de unos cuarenta años que avanzaba a cuatro patas, con evidente dificultad. Cuando los dóbermans vieron la tetera, que quedaron anonadados.

—Humanos sueltos —murmuró ella.

—Tranquila, llevan escolta —contestó su pareja, agarrando con más fuerza la correa de su humano.

La tetera desapareció por la calle central de la ciudad, en dirección a la residencia del rey Dogo, ante la atenta mirada de aquellos perros. El humano no se atrevió a levantar la cabeza de los adoquines del suelo.

Capítulo XIV

El rey Dogo

La niebla que envolvía la Ciudad de los Perros era tan densa que ni el sol lograba traspasarla. Creaba una especie de burbuja impenetrable, sumiendo el paisaje en una oscuridad y un sentimiento de derrota permanente. Eso afectaba al carácter de los perros. Solían mostrarse melancólicos y malhumorados. Pero no era solo por la niebla. Tenían otros motivos de peso.

La ciudad estaba organizada en una gran cuadrícula con viviendas muy similares unas a las otras, casi todas de planta baja. La mayor parte tenían la apariencia de mansión encantada, y no por su diseño arquitectónico, sino porque en los jardines reservaban un espacio para el cementerio familiar. Aquello sorprendió mucho a Nuno. Desde la tetera divisó lápidas blancas asomando de la tierra en varios jardines y sintió un escalofrío.

—Las casas tienen cementerios —susurró.

—Es una tradición aquí —le informó Tic-Tac—. Los perros entierran a sus familiares en los jardines. Es una manera de tenerlos cerca toda la vida.

Una idea empezó a agujerear el cerebro de Nuno y también su corazón, como un gusano que devora una manzana. De repente se puso muy triste.

—No me gustaría que enterrasen a León en el jardín de la Escuela de Artefactos y Oficios —dijo, con una lucidez sorprendente—. Él merece estar en un lugar especial. Por ejemplo, en la Abadía de Wendy, junto a todas esas personas importantes, como Isaac Newton, David Livingstone o Charles Darwin. O tal vez debajo del hielo estrellado del Lago de Plata. ¿Te imaginas, Ágata? Así, cuando fuésemos a patinar veríamos su rostro bajo nuestros pies. León, el Genio de hielo. Estaría cristalizado para siempre. Y podríamos saludarlo desde arriba. Aunque él ya no pudiese contestarnos —concluyó, con la voz quebrada.

Aquellas palabras la apenaron. La tristeza es tan dolorosa cuando se muestra a través de los ojos de un niño... Ágata lo abrazó fuerte y esa muestra de cariño provocó que Nuno rompiese a llorar.

—León no se va a morir, Nuno. Te lo prometo.

Lo abrazó y empezó a canturrear muy bajito, tratando de consolarlo.

—Si me bebo tus lágrimas me dolerá la barriga por la noche. La tristeza tiene patas de araña y crece. Como también crecen los sueños, y la lluvia, cuando cabalga huyendo de su nube. Y tú y yo, con nuestros cuentos de invierno y las sonrisas de niños raros, que no comprenden el color de las lágrimas ni el sabor de la tristeza.

Nuno se aferró a ella para sobrevivir a aquel instante. Le dolía dentro de una forma desproporcionada. Sin León la vida sería para siempre un enorme cristal roto. Una inquietante tela de araña que ofrece una imagen fragmentada, mientras todo se tambalea hasta la caída. Tic-Tac hizo girar su antena, tratando de asimilar lo que ocurría delante de sus ojos mecánicos.

—Lloráis y eso significa que estáis tristes —razonó—. Yo también debería estarlo, pero no lo consigo. No lo consigo. No lo consigo. No lo consigo. No lo consigo —repitió una y otra vez.

«Está frustrado», pensó Ágata por un instante, al ver que se había quedado bloqueado en aquella idea. No podía ser, Tic-Tac era un robot, no tenía sentimientos. ¡Pero no había más que verlo, estaba sucediendo!

—Ven aquí, anda —le pidió Ágata, animándolo a unirse al abrazo.

El robot se acercó y se dejó querer. La tetera siguió avanzando a toda velocidad, sin perder la pista de los motoristas. Ellos continuaron abrazados durante un buen rato, dándose ánimos unos a los otros. El dolor, cuando se comparte, pesa menos.

Por el camino se cruzaron con una pequeña locomotora de vapor que recorría toda la ciudad.

—Es el transporte urbano que emplean aquí —le explicó Ágata a Nuno—. Bonita, ¿verdad?

—Parece un juguete —contestó él, con los ojos enrojecidos por las lágrimas.

El maquinista, un carlino vestido con uniforme azul y una gorra de plato, se echó las manos a la cabeza nada más verlos.

—Humanos sueltos —murmuró, escandalizado.

Subió la ventanilla de la cabina con prisas, como si con aquel gesto pudiese protegerse del exterior. A Ágata no le pasó desapercibido ese detalle. «No nos quieren aquí», pensó.

El rey Dogo vivía en un castillo situado en el centro geográfico de la ciudad, en una de las riberas del río que la atravesaba. Era una edificación de piedra, con varias torres cónicas en tonos azules. A Ágata le recordó los castillos que había en las cercanías del Rin, en Alemania. La tetera penetró en el recinto y los guardias que custodiaban el portalón de entrada lo cerraron rápidamente. Tan pronto como se bajaron del vehículo, aparecieron diez miembros de la guardia real, prestos a escoltarlos. Todos ellos eran bulldogs idénticos, vestidos del mismo modo: uniforme de levita roja con ribetes dorados en los puños y pantalón negro.

—Parecen de mentira —dijo Nuno en bajito, sin quitarle ojo a todos aquellos perros bípedos—. ¿No serán muñecos?

—Chsssss —lo alertó Ágata—. Ni se te ocurra repetir eso. Como te escuchen, vamos derechitos al calabozo.

Los miembros de la guardia real portaban lanzas. Apuntaron a los tres amigos para dejar claro que no eran bienvenidos, y los condujeron al interior del castillo sin pronunciar palabra. De repente, era como si acabaran de viajar al siglo XVI.

La decoración del recibidor era austera. Después subieron unas empinadas escaleras que conducían a un túnel con las paredes de piedra. Al final del túnel estaba la Sala del Trono, una estancia cálida, iluminada por una lámpara enorme con lágrimas de cristal que emitían destellos de diferentes colores, donde los esperaba el rey Dogo.

El trono del rey era de madera labrada y terciopelo verde oscuro, y estaba dispuesto sobre una alfombra redonda y roja, con flecos dorados. En la pared principal de la sala había lujosos retratos de todos los monarcas que habían gobernado hasta la actualidad: un golden retriever, una dálmata, un san bernardo, un mastín, una dóberman, un pastor alemán... Así hasta diecisiete. Impresionaba ver aquellos perros vestidos como humanos, con todo lujo de detalles y adornos: gorgueras, sombreros, monóculos, guantes, tocados, gafas... Ágata se preguntó si el autor de esos retratos sería también un perro.

—Guardias, retírense —les ordenó el rey Dogo.

El perro era arlequinado, con la base del pelo gris claro y manchas negras salpicadas por todo el cuerpo. Alrededor del ojo derecho tenía un cerco negro que le infundía un cierto aire canalla. Iba vestido al modo escocés, con una falda roja de cuadros y chaqueta y camisa negras. Cuando se puso de pie, Ágata agarró la mano de Nuno en un intento de protegerlo. Aquel ejemplar de más de dos metros de altura era imponente.

—Dos humanos y una máquina con ruedas —comentó con evidente desprecio—. Decidme qué os ha traído a mis dominios. ¿Quién de vosotros es el portavoz?

—La portavoz soy yo —puntualizó Ágata—. Tenemos la intención de llegar al Planeta de los Niños para que acojan a este pequeño llamado Nuno. Luego, mi robot Tic-Tac y yo intentaremos encontrar la Caverna de los Escarabajos. Necesitamos al ermitaño y, como usted sabe, esta ciudad es un paso obligado para llegar hasta él —le explicó—. No queremos perturbar su convivencia, tan solo continuar el viaje.

—Temo que eso no va a ser posible. Aquí somos intransigentes con los humanos. Tenéis la suerte de que a estas alturas mis soldados no os hayan puesto un bozal y una correa. He sido comprensivo porque lleváis un niño en vuestra expedición.

Nuno frunció el ceño. Qué poco le gustaba cómo se dirigía a ellos aquel señor perro. Les hablaba con superioridad y rabia. Como si tuviese algo en su contra.

—La vida del hermano de Nuno depende de nosotros —le explicó Ágata, con la esperanza de ablandarlo—. Está muy enfermo y solo podremos salvarlo si encontramos al ermitaño. Por eso hemos emprendido este viaje tan arriesgado.

El rey Dogo se volvió a sentar en su trono y negó con la cabeza.

—Eso no es cosa mía —les manifestó.

Ágata tuvo que pensar con rapidez. Necesitaba despertar su compasión costase lo que costase.

—Tenemos otro problema añadido, rey Dogo —prosiguió ella, dispuesto a hacerlo entrar en razón—. Nos persigue un hombre con la intención de matarnos. Ha asesinado a varias mujeres en Londres. Si da con nuestro paradero, estamos perdidos. Responde al apodo del Destripador.

—Así funcionáis los humanos —le dijo el rey, sin inmutarse—. Sois destructivos y crueles hasta con los de vuestra propia especie. Por fortuna, los perros no somos así. Nosotros tenemos principios.

—Necesitamos su ayuda —le suplicó ella, consciente de que estaba perdiendo la batalla—. No todos los humanos somos iguales. Nuestra situación es desesperada. Ese hombre, el Destripador...

—Historias —la cortó él, impasible—. Os mueve el egoísmo y las ansias de poder. Sois tóxicos. Lo mejor que puedo hacer por el bien de mi pueblo es encerraros en los calabozos. Por lo menos de momento.

—Señor perro, escúcheme —intervino Nuno, que hasta entonces había permanecido en silencio—. Ágata dice la verdad. Mi hermano está muy enfermo. Si usted nos encierra, morirá. León es mágico, como yo. Y también un Genio. Los Genios mágicos no deberían morir tan pronto.

Era la primera vez que Nuno hacía referencia a su naturaleza mágica. Ágata estuvo a punto de detenerlo, pero luego pensó que no tenían nada que perder. Si alguien parecía causar algún efecto en el rey, era él.

—¿Mágico? —preguntó el rey Dogo—. Explícate.

—Es por una sustancia que tenemos en la sangre. Podemos devolverle la vida a las personas gracias a nuestra sangre y a nuestras habilidades en la mecánica de cuerpos. Yo nunca lo he hecho, aún soy muy pequeño. Pero León sí que lo ha conseguido. Por eso Cornelia, la directora de nuestra escuela, lo tiene preso. Le está extrayendo la magia para experimentar con ella.

—Lo que yo decía —insistió el monarca—. Vuestras ansias de poder son devastadoras. Lo siento por ti, que no tienes la culpa. Tan solo eres un cachorro.

De encontrarse en otra situación, a Nuno le haría gracia que le llamase cachorro. Pero aquel no era el momento.

—¡Tiene que ayudarnos! —le rogó—. ¿Cómo puede odiarnos tanto si ni siquiera nos conoce? Ágata tiene mal genio, pero es una de las personas más valientes que conozco. Y Tic-Tac no puede sentir, porque su cerebro es todo metal y tornillos, pero inspira profundos sentimientos en los demás. Lo queremos como si fuese uno de nosotros. ¿No le parece extraordinario?

Tic-Tac, al escuchar todo aquello, comenzó a mover su antena y, sin querer, se le escaparon una serie de sonidos. Como si las palabras de Nuno le hubiesen emocionado.

—Cachorro, no tengo nada personal en vuestra contra. El problema es la raza a la que pertenecéis. Yo tengo una hija. Como imaginarás, es a quien más quiero en el mundo. ¿Sabes dónde está? Postrada en una cama desde hace meses, sin poder moverse.

—¿Qué le ha pasado? —le preguntó Nuno.

—Me desobedeció —contestó el rey Dogo con amargura—. Quiso salir de nuestro país. Decía que aquí se sentía limitada, que necesitaba conocer el mundo exterior para encontrar su lugar. Nada más llegar a la ciudad más próxima, unos humanos la apresaron, la molieron a palos y luego la colgaron con una cuerda de la rama de un árbol. Le partieron las patas y la dejaron ciega de un ojo sin ningún motivo, solo por divertirse. Divertirse golpeando a mi hija, ¿qué te parece? —formuló esa pregunta clavándole la mirada a Ágata.

—Me parece terrible —susurró ella.

El mundo se le cayó encima de repente, con todo su peso. Ahora comprendía la actitud tan hostil del rey Dogo y de los guardias. También le encontró sentido a la escena que habían visto en la calle, cuando se cruzaron con aquella pareja de dóberman que llevaban un hombre atado con una correa. Los humanos eran el enemigo.

—Lo siento —añadió, abatida por el relato del monarca—. Lo que le han hecho a su hija no tiene nombre. Tiene razón al decir que los humanos podemos llegar a ser despreciables.

—¿Pero qué dices, Ágata? —le riñó Nuno—. Nosotros no somos despreciables, somos buenos.

—La crueldad forma parte de vuestra naturaleza —sentenció el rey Dogo. De repente parecía muy cansado. Hablaba como si le pesasen las palabras—. Mi querida hija aprendió esa lección de la peor manera. Lo que más me duele es no poder hacer nada por ella.

Tic-Tac pestañeó varias veces y su antena dio tres vueltas alrededor de su eje antes de empezar a hablar:

—Desconozco el alcance de la lesión de su hija, pero Ágata es una Semigenio y está lo bastante capacitada para fabricar prótesis. Construyó sin ayuda de nadie el vehículo que nos ha traído hasta aquí. Recomponer unas patas rotas no le resultará en absoluto complejo.

—Yo no me dedico a la mecánica de cuerpos, Tic-Tac —lo contradijo ella. Lo último que quería era darle falsas esperanzas al rey Dogo—. No he trabajado nunca con tejidos humanos. Lo mío son los engranajes, los tornillos, los cables. Si estuviese aquí León, sería distinto. Entre los dos podríamos buscar una solución. Pero sin él... es imposible —añadió en un murmullo.

Los engranajes de sus ojos empezaron a moverse. Tuvo que hacer un gran esfuerzo para detenerlos y no romper a llorar.

—Pues habrá que traer aquí a ese tal León —dijo entonces el rey Dogo, con una chispa de esperanza en su voz—. ¿Estáis seguros de que él podría curar a mi hija? ¿Cómo sé que esto no es un embuste?

Ágata negó con la cabeza.

—Usted no lo entiende. León no puede moverse. Sus días están contados. Necesitamos encontrar al ermitaño y convencerlo para que le salve la vida, cosa casi imposible.

—¡Soldados! —gritó de repente el monarca.

Una docena de perros uniformados entraron inmediatamente en la Sala del Trono y se pusieron en guardia. Por un momento Ágata pensó que los iban a enviar derechos al calabozo. Pero las intenciones del rey Dogo eran otras.

—Vamos a visitar a mi hija.

Ágata clavó su mirada en Tic-Tac. Él se limitó a decirle:

—Tranquila. Todo saldrá bien.

La habitación de Blanca Dogo estaba en una de las torres del castillo. Accedieron a ella mediante una empinada escalera de caracol que parecía interminable. Ágata tuvo que subir a Tic-Tac en brazos.

—En cuanto tenga la ocasión, construiré un par de buenas piernas para ti —le dijo—. ¡Pesas una tonelada! La vida no está pensada para las ruedas, amigo.

—¿Ves como estás más que capacitada para crear prótesis? —apuntó él, aprovechando la ocasión—. Tienes que ayudar a la hija del rey. Tú puedes hacerlo, Ágata. Solo necesitas creer en ti misma.

Ágata resopló como toda respuesta, pero el comentario de Tic-Tac se quedó un buen rato dando vueltas en su cabeza. El rey Dogo les había pedido que aguardasen fuera unos instantes. Primero quería hablar con su hija a solas. Entró en la estancia dejando la puerta a medio abrir.

—Cariño, disculpa que interrumpa tu descanso —le dijo con dulzura. De repente parecía otro perro. Un perro amable, atento y cariñoso—. No quiero que te asustes. Hay unos visitantes que quieren conocerte.

—¿Unos visitantes? —preguntó ella, con suspicacia.

—Los he traído aquí arriba porque creo que pueden tener una solución para tu lesión.

—No quiero verlos, papá. Diles que se marchen.

—Pero hija...

—¡No quiero verlos! —insistió ella con firmeza—. Tengo las patas rotas por varios sitios. Tú sabes muy bien que no hay perro en el mundo que pueda solucionar esto.

—Blanca, confía en mí —le suplicó el rey Dogo—. No tienes nada que perder.

Ella permaneció en silencio durante unos segundos que se hicieron interminables.

—Está bien —accedió de mala gana, para complacer a su padre—. Que pasen. Pero solo unos minutos.

Los guardias abrieron la puerta y los tres amigos entraron en el cuarto de Blanca Dogo. La estancia rebosaba luz. Tenía dos grandes ventanas por donde el sol penetraba con total libertad. La perra descansaba en una cama grande con dosel. La encontraron leyendo una obra de Shakespeare con su único ojo sano. El otro lo llevaba cubierto con un parche blanco. Era alta, negra y brillante, salvo por una mancha blanca que le recorría el pecho. Nada más ver a Ágata y a Nuno entrando por la puerta, profirió un grito de pánico y se removió en la cama.

—¡Humanos!

—Chsssss, tranquila hija —trató de calmarla su padre, acariciándole la frente—. Parecen buena gente.

Ella miraba fijamente a Ágata y Nuno con una mezcla de miedo y odio. A Tic-Tac ni siquiera le prestó atención.

—¿Buena gente? Mira cómo me han dejado los humanos —dijo, levantando el edredón para dejar a la vista sus patas inferiores, flacas, retorcidas e inertes—. Me han condenado a esta cama para siempre. ¿Y ahora me quieres convencer de que tienen la solución? ¿Cómo te atreves a meterlos aquí?

La desesperación con la que hablaba le partió el corazón a Ágata.

—Solicito permiso para dirigirme a Blanca Dogo —intervino Tic-Tac.

—¿Qué es esa máquina que habla? —pregunto ella.

—Soy el robot de esta humana llamada Ágata. Ella es la que me ha construido. Tiene un cerebro prodigioso.

Blanca lo miraba con desconfianza. Para dejarles claro que no eran bien recibidos, les enseñó los dientes y gruñó. Tic-Tac continuó con su explicación, como si nada:

—Ágata lleva toda la vida diseñando inventos en una institución londinense llamada Escuela de Artefactos y Oficios. Es una de las mejores alumnas. Estoy seguro de que puede ayudarte.

Blanca Dogo relajó un poco su expresión y clavó la mirada en los ojos de Ágata.

—No me fío de los humanos —dijo, sin rodeos.

Había llegado el momento de hablar. Ágata lo sabía. No podía continuar en silencio, tenía que intervenir. Era consciente de que muchas cosas dependían de aquella conversación. Y tal vez la vida León fuese una de ellas. Por eso se llenó de valor, dispuesta a convencer a aquella perra de lo que fuese necesario.

—Yo tampoco me fío de los humanos, Blanca —le confesó, con toda sinceridad—. En toda mi vida, los únicos que me han demostrado lealtad han sido este niño y su hermano.

—¿Y tus padres? —le preguntó a Ágata.

—Desaparecieron cuando yo tenía tres años y ni siquiera me acuerdo de ellos —le explicó, con tristeza—. Mi vida son Nuno, León y mi robot Tic-Tac.

—¿De verdad lo has construido tú? —continuó Blanca, señalando al robot.

—Así es —confirmó ella, sin ocultar su satisfacción—. Y confieso que estoy orgullosa de él. Jamás podré superar esta creación. A veces pienso que hay mucha más humanidad en Tic-Tac que en la mayor parte de las personas. Parece contradictorio, ¿verdad?

Blanca Dogo se incorporó con cierta dificultad. Le gustaba Ágata. Había algo en su mirada, en aquellos ojos mecánicos tan extraños, que le inspiraba confianza. Era como si se conociesen de toda la vida.

—Tengo las patas destrozadas —afirmó, yendo directa al centro del asunto—. No es un trabajo sencillo.

De repente era como si no hubiese nadie más en el interior de aquel cuarto. Hablaban como si estuviesen solas, perra y mujer. Entre ellas nació una complicidad que empezó a crecer más y más.

—Soy consciente, Blanca. No te voy a mentir: ni siquiera sé si yo sola voy a conseguir reparar tu columna. Si estuviese aquí León, sería pan comido. Su especialidad es la mecánica de cuerpos. Pero para traerlo aquí antes necesito salvarle la vida. Está en peligro.

Ágata se desahogó con Blanca. Le habló de Cornelia, de León, de la máquina con la que le estaban extrayendo la magia, de las tardes patinando en el lago. También de su infancia en la escuela, de la soledad, de cómo sus inventos y la amistad con León la habían salvado del abismo. Le explicó asimismo que los perseguía el Destripador, que hacía tan solo unas horas que había establecido una intensa conexión con aquel misterioso unicornio alado... Le contó todo, sin reservas. Cuando acabó se sintió liberada.

—Hablas de ese León de una manera muy especial. Os queréis, ¿verdad? —le preguntó Blanca Dogo.

—Supongo que nos queremos a nuestro modo.

—¿Y eso qué quiere decir?

—No estoy segura —le confesó Ágata—. Tenemos nuestro mundo propio. Cuando estamos juntos, lo de fuera, la parte más cruel de la realidad en la que vivimos, se diluye. Desaparece, sin más, y solo importamos nosotros, nuestros inventos, nuestros sueños.

—¿Entonces, cuál es el problema?

—La directora no lo consentiría. Hubo una pareja en la escuela hace años. Cornelia los descubrió y nadie volvió a verlos ni sabemos qué fue de ellos. No están permitidas las relaciones entre los alumnos. Ni siquiera le gusta que seamos amigos. Nos tiene muy controlados. Además, Nuno, León y Tic-Tac son lo único que tengo. Si alguno de ellos me falla, no lo podría soportar.

—Estás haciendo del miedo un aliado. También te tienes a ti misma, Ágata. ¡Y todo lo que te queda aún por vivir! Ojalá yo tuviese esa oportunidad. Mira dónde estoy.

Ágata se calló, valorando todas las posibilidades hasta que, por fin, dijo:

—Tal vez tengas esa oportunidad que tanto deseas. Es lo mínimo que puedo hacer por ti. Déjame intentarlo, Blanca. Sé que nos odias por el hecho de ser humanos. Pero mira mis ojos mecánicos —le pidió, señalándolos con el dedo índice—. En el fondo yo no soy una humana convencional. Poco tengo que ver con esos desalmados que te han arruinado la vida.

Blanca Dogo estaba en un apuro. Por un lado quería confiar en Ágata. Le estaba ofreciendo una oportunidad. Pero por otro, ¿cómo hacerlo? Había sufrido tanto que temía llevarse otra decepción.

—Te propongo algo —prosiguió Ágata—. Sé que vosotros conocéis el camino a la cueva donde habita el ermitaño.

—Sabemos más que eso —intervino el rey Dogo—. Conozco el punto exacto donde se encuentra esa caverna.

—Con más motivo. Si me permitís continuar el viaje y consigo salvarle la vida a León, prometo que lo traeré aquí y lograremos que vuelvas a caminar, Blanca —le aseguró, convencida de que había esperanza.

El rey Dogo negó con la cabeza.

—Eso no es suficiente. ¿Qué sucederá si no consigues salvarle la vida a tu amigo? ¿Qué pasará entonces con mi hija?

Ágata no quería valorar esa posibilidad. Era demasiado doloroso.

—En ese caso vendrá ella y hará todo lo que esté en su mano para ayudarme —dijo Blanca, pensando que no tenía nada que perder—. ¿Verdad, Ágata?

—Sí, me comprometo a intentarlo —murmuró ella. Pero esa opción no le convencía en absoluto. Tenía un motivo más para salvar a León.

Había trato. Lo había conseguido. Ahora podrían continuar el viaje, poner a Nuno a salvo en el Planeta de los Niños y encontrar la cueva del ermitaño. Estaban cada vez más cerca.

—Solo falta un detalle. Necesito una garantía de que vais a volver aquí —los interpeló el rey Dogo—. Me temo que si os dejo marchar sin exigiros una fianza, no vayáis a regresar nunca. Sois humanos, no tengo otra alternativa.

—Me parece justo —apoyó Blanca Dogo a su padre.

No fue necesario que Ágata preguntase en qué estaban pensando. El rey se adelantó, señalando con un leve movimiento de su cabeza a Nuno:

—Vuestro cachorro estará bien en este castillo hasta que regreses a buscarlo. Lo cuidaremos como si fuese uno de nosotros. Tienes mi palabra. Y la palabra de un perro vale más que la palabra de un humano.

Capítulo XV

La segunda despedida

La Ciudad de los Perros solo tenía una entrada, pero diversas salidas. El rey Dogo acompañó a Ágata y a Tic-Tac hasta el camino que debían seguir, un sendero estrecho que serpenteaba hasta donde alcanzaba la vista y que desembocaba en el País del Gigante. Allí, en los dominios de aquella criatura, se encontraba el misterioso bosque donde vivía escondido el ermitaño.

—Confío en que lleguéis sin contratiempos —les dijo el rey, antes de despedirse—. Tenéis por delante un largo camino.

—¿Cómo localizaremos la cueva? —le preguntó Ágata.

El rey Dogo sacó un pergamino enroscado del bolsillo interior de su casaca.

—Con la ayuda de este mapa no tendréis problema.

—¿Y el gigante? —le preguntó ella.

Había escuchado hablar alguna vez de ese lugar, pero no sabía gran cosa. Tan solo que el propio país era un gigante de proporciones ciclópeas que albergaba en su cuerpo distintas regiones, habitadas por toda clase de criaturas. Pensó en que quizás ese podría ser un buen sitio para empezar de cero con León y Nuno. Allí nadie los conocía y podrían ser libres. Libres de verdad. Sin cuervos, sin tarántulas y sin aquel control excesivo que les quitaba el oxígeno.

—El gigante lleva décadas inmóvil —explicó el rey Dogo—. No supone ningún peligro, víctima de un encantamiento muy potente. No puede hablar, ni comunicarse de ninguna forma. El único movimiento es el de su respiración, pero lo realiza de una forma tan lenta que resulta imperceptible, salvo en las ciudades que están a la altura de su pecho. E incluso en esas regiones los habitantes siguen sus vidas sin mayor problema. El bosque donde habita el ermitaño está en la cabeza del gigante. Allí es hacia donde os tenéis que dirigir.

Había llegado el momento de partir. Ágata observó con solemnidad al rey y a sus soldados. Los bulldogs formaban una hilera perfecta, permaneciendo muy erguidos con las lanzas. Nuno tenía razón. Parecían muñecos. Tan silenciosos, siempre vestidos de idéntico modo, con aquella mirada triste y la frente arrugada de manera permanente. Qué extraña era su vida. Pero ¿quién era ella para juzgarlos?

—Volveré —musitó, convencida de que así sería.

En ese momento pensó en las palabras tan lúcidas que le había dicho Nuno en la habitación de Blanca: «Yo estaré bien aquí, Ágata. Me haré amiga de Blanca Dogo, ya verás. Le construiré un casco-hélice para que pueda volar, como hago yo. Estoy seguro de que eso le devolverá la sonrisa. No te preocupes por mí. Sálvale la vida a mi hermano. León es lo único que importa».

Ágata sabía que antes o después iba a tener que separarse de Nuno, pero no podía evitar sentirse impotente. Con aquel adiós se le había roto un trozo más en su interior. A pesar de todo, si de algo estaba segura era de que el rey Dogo se iba a ocupar de que no le faltase de nada. Ahora Nuno era su cachorro.

Tic-Tac, al escuchar las palabras del niño, se colapsó. Su antena empezó a girar sin control y a echar humo. A Ágata no le había quedado otro remedio que desconectarlo durante unos segundos hasta que el robot se enfrió. Jamás le había pasado algo semejante.

—¿Estás bien, Tic-Tac? —le preguntó justo antes de subir a la tetera, todavía preocupada por aquel episodio.

—En perfecto estado. Temperatura normal y todos los circuitos funcionando correctamente. Podemos irnos.

Ágata lo cogió en brazos y le dio un beso en la frente. Fue un beso frío, de metal, pero cargado de sentimientos.

—Que tengas un bien viaje y consigas tu objetivo —le deseó el rey Dogo tendiéndole la pata derecha.

—Cuide de Nuno, por favor. Él no merece sufrir —le pidió Ágata, estrechándole la pata.

—Tienes mi palabra. No voy a fallarte. Espero recibir el mismo trato por tu parte.

Con una enorme pena por tener que separarse de su querido niño-hélice, Ágata subió a la tetera y puso el motor en marcha.

—¡Nos vamos, amigo! —le dijo a su robot, intentando encontrar un motivo para estar contenta en algún recoveco de su interior. O, por lo menos, para parecerlo.

Entonces, justo cuando iba a pisar a fondo el acelerador, escuchó una voz muy conocida. Bajó la ventanilla de la tetera, sacó la cabeza y miró hacia arriba.

—¡Nuno, niño volador! —le gritó con entusiasmo.

Allí estaba él, trazando una parábola perfecta en el aire. La hélice de su casco giraba a un ritmo constante y tenía una enorme sonrisa dibujada en la cara. Los saludó desde el cielo y aterrizó con suavidad justo delante de la tetera, sin levantar ni una sola partícula de polvo.

—Tenías razón, cachorro —admitió el rey Dogo—. Ese casco que llevas en la cabeza es muy preciso. Has aterrizado justo donde me habías dicho.

—Por supuesto que es preciso. No olvide usted que soy alumno de la Escuela de Artefactos y Oficios. Somos infalibles —dijo, con orgullo.

Era verdad. Aunque la directora fuese una integrante del Clan de las Córvidas y practicase las artes oscuras, todo su alumnado era brillante. Ella se preocupaba de que así fuese. El talento de los niños estaba por encima de toda duda.

—Pensaré en vosotros todos los días —les aseguró Nuno, bastante animado—. ¡No te pongas triste por mí, Tic-Tac! Nos veremos pronto.

—Yo no puedo estar triste —contestó—. Soy un robot. Y *pronto* es un concepto muy relativo.

—En ese caso, ¿qué es pronto para ti? —le preguntó el niño.

El robot buscó la respuesta en su computadora, pero ninguna de las opciones pareció convencerlo.

—Pronto es antes de que Ágata empiece a echarte de menos —dijo al fin, convencido de que aquella respuesta era la que más se acercaba a lo que quería transmitirle.

—Cuídate, Nuno —le pidió Ágata—. Estaré muy pendiente de ti.

El niño entendió a la primera lo que ella le estaba diciendo. Si algo malo sucedía, Ágata lo sabría por medio del tatuaje. Aquello les daba una cierta tranquilidad a ambos. De alguna manera iban a estar conectados.

—¿Vas a hacer funcionar ese montón de chatarra o qué? —la retó Nuno señalando la tetera.

—¡Eh, sin faltar! —le contestó ella, con una sonrisa amarga en los labios—. Te queremos, Nuno. No lo olvides nunca.

Dicho esto, arrancó. Aceleró a fondo y del pito de la tetera comenzaron a brotar enormes nubes de humo que enseguida se disolvieron en el aire. Tan pronto como el vehículo se alejó lo suficiente, los dos motoristas del rey Dogo, aquellos que habían recibido a Ágata, Nuno y Tic-Tac de tan malos modos a su llegada, aparecieron en sus motocicletas. Llevaban un buen rato esperando, manteniendo las distancias para no ser descubiertos.

—Soldados, no perdáis a esta humana de vista —les ordenó el rey—. Desde este momento sois su sombra. La persigue un asesino sin escrúpulos y necesita protección. Pero ella no debe saberlo. Con lo testaruda que es, seguro que nunca aceptaría llevar escolta.

Nuno observó al rey Dogo con curiosidad, preguntándose si estaba protegiendo a Ágata porque era la única esperanza de Blanca, o si por el contrario habría alguna otra razón.

—Ágata es especial, ¿a que sí? —le dijo entonces al rey, para ver qué respuesta le daba él.

—Desde luego que lo es, cachorro. Conseguirá salvarle la vida a tu hermano y volverá a por ti. No tengo dudas.

Aquella contestación pareció gustarle a Nuno.

—Ellos lograrán que Blanca vuelva a caminar. Son los mejores de la escuela.

—Ojalá lleves razón, cachorro.

La tetera avanzó a un ritmo constante por el camino que conducía al País del Gigante. Desde el principio Ágata había tenido claro que el viaje iba a ser difícil y lleno de contratiempos. Pero ¿quién puede manejar los sentimientos? ¿Cómo conseguir que algo deje de doler? Ojalá fuese tan sencillo como pulsar un botón y volar trazando una parábola perfecta en el aire. La ausencia de Nuno se sumaba a la ausencia de León, y eso, de modo irremediable, duplicaba la sensación de pérdida.

—No te abandonaré, Nuno. Cueste lo que cueste, volveré a por ti —susurró Ágata, percibiendo que el tatuaje de su espalda ya estaba comenzando a cambiar.

Capítulo XVI

El cuervo

Wendy paseaba por su cuarto buscando tranquilidad. Llevaba más de media hora caminando de un lado a otro. De vez en cuando se detenía delante de la ventana y contemplaba a través del cristal su ciudad y las solemnes torres doradas del palacio. Ojalá ellas pudiesen darle las respuestas que tanto ansiaba. Las brujas blancas observaban atónitas sus movimientos desde los límites de los retratos, en la Galería de las Albinas. Sophie la Albina, la de los dientes de acero templado, sonreía con una pose altiva, tratando de aparentar que era indestructible, incluso después de muerta. Wendy la echaba tanto de menos... Ya eran tres las décadas de ausencia.

Como si fuese capaz de leer sus pensamientos, y tal vez así fuese, Sophie le guiñó un ojo desde el retrato. Parecía querer decirle: «Calma, Wendy. Yo sigo aquí y no pienso moverme de tu lado. Vivas o muertas, estamos condenadas a permanecer cerca una de la otra». Qué lástima que eso no bastase. La reina se acercó al cuadro y acarició la pintura de su rostro con dulzura. Se demoró en sus labios, que tenían la forma perfecta de un corazón. Luego recorrió el contorno de la chistera blanca. Nunca había visto a Sophie sin su sombrero de copa. Decía que se sentía desnuda sin él. Era una auténtica extensión de su cuerpo.

—Ojalá estuvieses viva, querida Sophie —susurró Wendy, recordando con un dolor insoportable la imagen de Cornelia devorando su corazón todavía caliente—. La vida sin ti es un extraño accidente, y no me gusta.

Hablaba tan bajo porque sabía que Máximo estaba al otro lado de la puerta, como siempre. Esperando que ella lo reclamase. De un tiempo a esta parte no se sentía cómoda con él. Nunca antes le había sucedido una cosa similar. El jefe de su guardia real siempre había sido leal hasta la médula y con una conducta impecable. Pero en los últimos tiempos, algo había cambiado. Tenía una sensación rara. Algo entre ellos no estaba funcionando bien.

Un cuervo golpeó su pico contra el cristal de la ventana, reclamando la atención de Wendy. Se acercó a la ventana y la abrió. Una ráfaga de viento frío le dio una bofetada en el rostro. El cuervo, con las patas posadas en el alféizar, tenía el pico roto. La miró fijamente con sus ojos redondos como dos botones. No, como dos bolas de cristal. O como dos caramelos blancos con una espiral roja en el centro que empezó a girar y girar, tratando de llevar a Wendy a otro plano. Ella no tardó ni quince segundos en darse cuenta de lo que aquel pájaro estaba intentando. Una rabia inusitada la hizo explotar:

—¿Pero tú quién piensas que soy? —le gritó, indignada—. Tienes delante a una bruja del Clan de las Albinas. Es un insulto que trates de hipnotizarme. ¿Cómo te atreves a una cosa semejante?

Estaba ofendida de verdad. El cuervo entró volando aprovechando el desconcierto de la reina y se fue directo hacia el retrato de Sophie. Empezó a picarle los ojos con toda su saña, destrozando el cuadro. Wendy no pudo soportarlo, ¡se trataba de Sophie! Se abalanzó encima del animal y lo agarró por el pescuezo, incapaz de controlar su propia furia. Percibió el latido del corazón menudo de aquel cuervo entre sus manos y la asaltaron una serie de pensamientos. En ese instante le pareció tan frágil...

—Qué contradicción. Estás al servicio de un ser oscuro y repugnante, y sin embargo eres muy vulnerable —murmuró, apretándolo.

La reina podía ver el miedo en sus ojos. El cuervo intentó batir las alas en un impulso por liberarse, pero no fue capaz.

—Si aprieto más fuerte acabaré enseguida con tu vida, ¿verdad? —inquirió, observando a su presa—. Para servir a Cornelia de un modo tan fiel tienes que tener el corazón negro como la ponzoña.

El cuervo graznó débilmente, llamando a su madre. Parecía aterrorizado.

Wendy levantó la vista y sintió la reprobación en las miradas de las Albinas. ¿Qué había estado a punto de hacer? Aquella conducta no era propia de una Albina, y mucho menos de una reina como ella. Avergonzada por semejante arrebato, llamó al jefe de la guardia real.

—¡Máximo!

Él abrió la puerta en centésimas de segundo, asustado por el grito de la reina.

—Consigue una jaula para encerrar a este bicho —solicitó ella.

—¿Pero qué hace aquí el hijo predilecto de Cornelia?

—Primero ha cometido la torpeza de intentar hipnotizarme y luego ha atacado sin vacilar el retrato de Sophie. Mira cómo lo ha dejado. Es intolerable —murmuró, con la rabia retorciéndose en su interior como un nido de serpientes negras—. Esto se acabó, Max. El pacto está roto.

—¡Soldados, una jaula! ¡Rápido! —les ordenó Máximo a sus hombres.

En cuestión de minutos apareció un guardia portando una jaula de hierro repujado.

—Alteza —dijo, al tiempo que inclinaba la cabeza de manera servicial.

La reina encerró el cuervo en la jaula. Luego la colocó sobre su escritorio, junto a la ventana.

—Veamos cuánto tarda tu maldita madre en reclamarte.

—Majestad —dijo Máximo—. ¿Podemos hacer algo más por usted?

Wendy lo miró como si no lo conociese de nada. Se detuvo en el tono dorado de su piel y en sus ojos azules. Eran salvajes, como el mar cuando bate enfurecido contra las rocas en los días de tormenta.

Tenía el cabello castaño y la barba recortada con mucho estilo. Su atractivo era innegable. Pero no para ella. Jamás lo había visto de esa manera y no iba a empezar a hacerlo ahora. Le lanzó una mirada fugaz al retrato de Sophie antes de anunciar:

—Necesito ver dónde está el Destripador.

Subieron al observatorio. Wendy se acomodó en la butaca de barbero, movió la bola del mundo hasta encontrar el punto exacto que estaba buscando y observó a través de los prismáticos. Ante sus ojos apareció con toda nitidez la imagen del asesino. Ahí estaba, pilotando aquel barco retrofuturista diseñado por un equipo de la Escuela de Artefactos y Oficios. Con tantos adornos, hélices y columnas parecía una máquina bastante pesada, pero avanzaba por encima de las nubes ligera como un ave migratoria.

—El Destripador está en la Ciudad de los Perros —lo informó ella, sin apartar la vista de los prismáticos—. ¡Mira, Max! Se está preparando para atacar.

Él cogió un par de prismáticos y observó la escena.

El barco aéreo estaba sobrevolando la Ciudad de los Perros, ese lugar donde sus habitantes conocen el camino a cualquier destino del mundo. El viento hacía ondear su capa como si fuese una enorme bandera negra cargada de malos augurios. El asesino divisó desde arriba a una familia de galgos paseando por la calle. La madre era blanca con pintas grises y el padre, dorado. Caminaban cogidos del brazo. Él llevaba anteojos, un sombrero de copa que aún lo hacía parecer más alto y un traje de terciopelo azul índigo. La perra vestía levita granate y pantalón bombacho blanco. Tenían una pareja de cachorros, macho y hembra, que caminaban algo adelantados. Estaban entretenidos con un juguete de madera, un palo con una rueda en un extremo en forma de noria, pintada de muchos colores. En su interior escondía un cascabel que sonaba cada vez que la rueda daba una vuelta en el suelo. Parecían divertirse mucho con aquel juguete. Reían y aplaudían entusiasmados a cada momento.

—Qué estampa más entrañable —masculló el Destripador, con ironía.

Presionó un botón del cuadro de mandos y en el suelo de la aeronave se abrió una compuerta. Allí había escondida una sofisticada arma. Jack la colocó sobre un soporte, en el frontal del vehículo. Luego redujo la velocidad al mínimo y se concentró en el punto de mira.

—Qué delgada estás —murmuró, apuntando a la perra—. Si consiguiese clavarte una de estas espinas envenenadas entre las costillas, el dolor sería difícil de soportar.

De la aeronave le gustaban varias cosas, pero el arma que tenía entre manos era una creación brillante. Disparaba lascas de marfil envenenadas, una de esas ideas crueles y magníficas de Cornelia. Había ordenado extirparle los colmillos a un elefante africano para fabricar aquella munición tan especial, capaz de matar a cualquier ser vivo en cuestión de minutos.

—Ahora o nunca —murmuró Jack apretando el gatillo.

Tenía a la perra a tiro, no podía desaprovechar esa oportunidad. Tres espinas salieron a toda velocidad. Dos de ellas dieron en el blanco, clavándose en la carne. El pobre animal se encogió al sentir un dolor muy agudo entre las costillas. En cuestión de segundos se formó un gran alboroto. El asesino no podía escuchar lo que decían los perros, estaba demasiado lejos. Tenía que conformarse con contemplar a la hembra galgo tumbada en el suelo y el desconcierto de su marido y sus cachorros.

—Pobrecita —susurró—. Duele mucho, ¿a que sí?

Volvió a sujetar el arma y apuntó al ojo izquierdo del animal. ¡Qué emocionante le estaba resultando! Tenía que acertar. Él era un auténtico profesional, no contemplaba la posibilidad de fallar. El disparo fue perfecto. La espina de marfil se clavó en el globo ocular de la perra, que profirió un grito estremecedor.

—¡Magnífico! —exclamó orgulloso. El asesino disparó siete espinas de marfil que se clavaron en el cuerpo de la galgo. Lo que a él de verdad le gustaría sería descender en su aeronave, aterrizar delante de aquella familia y sacar su maletín. Allí tenía las herramientas necesarias para rematar el trabajo a su gusto. Nunca había destripado una perra. La idea lo excitaba.

—Tranquilo —dijo para sí—. No pierdas la cabeza. Tal vez en otra ocasión.

¿Qué sería más cruel? ¿Acabar con los cuatro? ¿Dejar huérfanos a los niños? ¿Dejar vivo solo al padre? No era nada fácil tomar una decisión como esa. Lo único que tenía claro era que alguno de ellos tenía que sobrevivir. Mientras le daba vueltas a todo esto, decidiendo a quién dispararle, aparecieron varios bulldogs pilotando grandes motocicletas. Señalaron la aeronave y sacaron sus armas. Acababan de descubrirlo. La única salida era huir. No podía demorarse ni un segundo más.

—¡Hasta otra! —gritó desde el cielo, aumentando la velocidad para alejarse cuanto antes—. Es una pena no poder acabar el trabajo. ¡Tripas, tripas, quiero muchas tripas!

Su voz se desvaneció entre las nubes. La pobre galgo tardó aún un rato en morir. Se retorció de dolor esperando que llegara el final lo antes posible, con todas aquellas espinas clavadas en lugares estratégicos de su cuerpo flaco: en una mamila, en la vejiga, en el pulmón... El veneno se extendió por su organismo y ella se fue apagando como una pequeña luciérnaga cuando rompe el día, ante la mirada desencajada de sus hijos y de su marido.

—Es un sádico enfermo que goza con el dolor ajeno —afirmó Máximo apartándose de los prismáticos como si le quemasen.

Ya tenía suficiente. No quería seguir observando.

—¿Enfermo? No lo creo —apuntó Wendy, con suspicacia—. Esa palabra no se debe emplear a la ligera. Decir que es un enfermo es quitarle parte de responsabilidad. En cierto modo, lo exime.

Máximo no estaba de acuerdo con la reina. Para él era innegable que el Destripador estaba enfermo. El suyo tenía que ser un problema patológico. Solo eso podría explicar que gozase destripando a sus víctimas hasta niveles insospechados.

Máximo se puso en guardia.

—¿Qué está pasando? —preguntó viendo lo que sucedía a su alrededor.

El observatorio del palacio, un lugar que siempre rebosaba luz, se apagó de repente. Una sombra de enormes dimensiones se cernió sobre ellos sumiéndolos en una noche prematura. Wendy conocía el motivo. Aquello no la cogió por sorpresa.

—¡Son cuervos! ¡Miles de ellos, Su Majestad! —exclamó Máximo, cuando descubrió aquella descomunal masa de pájaros rodeando el palacio.

—Nos van a cercar. Y pronto llegarán también las arañas. Llama a los soldados —le ordenó Wendy—. Que cierren todo inmediatamente. Cada puerta, cada ventana, cada hueco a través del cual puedan acceder al palacio. No quiero que ninguno de esos animales entre aquí. No estoy dispuesta a tener al enemigo dentro de mi propia casa.

La arquitectura dorada del palacio de Wendy quedó sepultada bajo la marea de cuervos. Se apagó como el sol en un eclipse. La gente que caminaba por los alrededores del palacio no comprendía a qué se debía el fenómeno. Un hombre que conducía un automóvil a vapor se distrajo con la aparición repentina de los cuervos y se estrelló contra un muro. Otros echaron a correr, buscando un lugar donde guarecerse. Mientras la ciudad se sumía en la oscuridad y el caos, el hijo predilecto de Cornelia esperaba la llegada de su madre, observando ansioso a través de los barrotes de la jaula. Wendy irrumpió en su cuarto llena de rabia y fue directa hacia él.

—Esto es lo que quieres, ¿verdad? De acuerdo, vamos a jugar a tu juego, Cornelia. Pero con mis normas —escupió la Reina Albina, dispuesta a dominar la situación.

Se sentó delante del escritorio y se concentró en los ojos del cuervo. Enseguida se le volvieron blancos. La espiral roja apareció y comenzó a girar y girar y girar... La voz de Cornelia no se hizo esperar. Resonó en la mente de Wendy dándole una orden clara:

«¡Libera a mi hijo! No tienes ningún derecho a retenerlo en contra de su voluntad».

Por mucho que tratase de disimular, se notaba que estaba afectada por las circunstancias. Tal vez aquel cuervo fuese de verdad importante para ella. La Reina Albina siempre había pensado que Cornelia no tenía sentimientos. Que estaba vacía por dentro. Quizás se había equivocado en ese punto.

«Tranquila, Cornelia. Ahora vas a seguir mis instrucciones y todo irá bien —le contestó Wendy hablándole con la mente, igual que hacía ella—. Primero contactarás con el Destripador. Le ordenarás que regrese y lo entregarás a las autoridades para que pague por sus crímenes. Luego dejarás que esa mujer sin voluntad que tienes encerrada en tus laboratorios descanse en paz. Oficiaremos un funeral y tendrá un lugar de honor en mi abadía. Y por último, liberarás a

León y me entregarás los ojos de Ágata. Los auténticos, esos que le arrebataste. Sé que los guardas en la escuela. Esa chica merece conocer la verdad —puntualizó—. Cuando cumplas todo eso, soltaré a tu cuervo. De momento, seguirá conmigo por tiempo indefinido, mientras meditas sobre lo que te acabo de decir. ¡Ah! Pienso arrancarle una pluma por cada torpeza que cometas».

«Estás loca si piensas que voy a acceder a todo eso —le espetó Cornelia—. Suelta a mi hijo ahora mismo. Y luego negociaremos tus condiciones».

«No estás entendiendo nada —contestó Wendy—. La vida de este cuervo al que te refieres como tu hijo está en mis manos. ¿Piensas que voy a tener algún reparo en estrangularlo? No tengo escrúpulos en lo que a ti respecta. Hace mucho tiempo que los perdí».

«Tus amigas Albinas jamás te perdonarían si hicieses algo así. Te expulsarían del clan. Siempre habéis sido unas melindrosas, con vuestro exagerado sentido de la ética y todas esas historias. Los principios que defendéis os hacen débiles».

«Puede ser que tengas razón y decidiesen expulsarme si acabo con la vida de tu cuervo—reconoció ella—. Pero con las ganas que te tengo, una cosa compensaría a la otra. ¡Te lo aseguro!».

«Wendy, Wendy, Wendy... Ese rencor que acumulas no es propio de ti —Cornelia le hablaba con sarcasmo—. Lo de tu amiga, esa de los dientes de acero, no fue nada personal. Devoré su corazón como otros tantos a lo largo de mi vida. Eso sí: reconozco que este me supo a gloria. Me relamo solo de recordar su sabor dulce e intenso».

La reina no pudo soportarlo. Aquel grado de crueldad era innecesario. Abrió la puerta de la jaula con ferocidad, agarró al cuervo por el pescuezo y de un tirón le arrancó una pluma de la cola.

«¡Suéltalo de inmediato! —le exigió Cornelia—. Como vuelvas a hacer algo así...».

«Chssssss —la atajó la Reina Albina, aparentando calma—. No te atrevas a amenazarme. Se acabó el talante conciliador, Cornelia. O cumples mis exigencias, o estrangulo a tu hijo. No hay más que hablar».

Las Albinas observaban a Wendy escandalizadas. Feli la Albina movía su cabeza de gata, incrédula. Renata la Albina, la del monóculo atornillado en el cráneo, había abierto la boca y no era capaz de volver a cerrarla. Todas ellas tenían mucho carácter, pero si algo las caracterizaba era que siempre se esforzaban por actuar de manera equilibrada y con justicia. Wendy estaba perdiendo el norte. ¿O tal vez no?

La reina cogió un paño negro en su armario y cubrió la jaula, para dejar al cuervo sumido en la noche. Luego se acercó a la Galería de las Albinas y repasó los retratos, uno a uno. Romeneska, Mariola, Andrea, Úrsula, India, Olivia, Daniela... En total eran treinta y siete. Cada una con su peculiaridad.

—Tranquilas, compañeras —Wendy se dirigió a ellas con solemnidad—. Confiad en mí.

Capítulo XVII

El País del Gigante

Á gata sintió cosquillas en la espalda. La tinta de su tatuaje se movía por debajo de su piel. Algo importante estaba sucediendo. «Por favor, que León esté bien». Se desabotonó su camisa con estampado de globos aerostáticos y dirigibles. Con un temblor en la voz, le pidió a Tic-Tac que le describiese la escena:

—Si está muerto dímelo de inmediato. Sin rodeos.

—No es León quien aparece en el tatuaje, sino el Destripador. Está muy cerca de nosotros —la informó—. Acaba de cruzar la Ciudad de los Perros. A su paso ha dejado el cadáver de una galgo. Espera, el dibujo está cambiando... Veo cuervos, Ágata. Miles de ellos. ¡Es una invasión!

—¿Dónde, Tic-Tac? ¿Dónde están los cuervos? —le preguntó ella.

—Han rodeado todo el Palacio de Wendy.

143

—No puede ser... ¿Cornelia atacando el palacio? Pero ¿cómo es posible?

—Los pájaros están por todas partes. En las torres, en las ventanas, en la torre del reloj... No se aprecia ni un solo hueco dorado. Ahora todo es negro.

—¿No ves a Nuno ni a León? Necesito saber que están bien.

—Solo veo cuervos negros, Ágata. Tu espalda es ahora mismo una masa de plumas.

Ella puso la blusa de nuevo, preguntándose si aquello no sería el final de su ciudad, tal y como la había conocido. Quién sabe, quizás estaba llegando el final de una era. Wendy había gobernado con justicia, pero ahora parecía como si todo lo que ella había conseguido construir estuviese en serio peligro, tambaleándose al borde del abismo.

—Si Cornelia logra hacerse con el control nunca podremos regresar a casa —masculló Ágata—. Ni tampoco contactar con León.

—No pienses en eso ahora —le dijo Tic-Tac. No podía permitir que Ágata se desviase de lo realmente importante—. Nuestro objetivo sigue siendo el mismo. Tenemos que encontrar la cueva del ermitaño y convencerlo para que indulte a León. ¡Venga, acelera! ¡Pon este montón de chatarra a correr en serio! —añadió, pensando en que Nuno diría eso mismo si estuviese allí.

Ágata aumentó la velocidad de la tetera levantando una nube de tierra y polvo a su paso. Cerca de dos horas después, divisaron la cabeza del gigante. Era mucho más grande de lo que habían imaginado. Debía medir unos veinte kilómetros de diámetro. Veinte kilómetros de vegetación con diferentes tonalidades de verde. Ágata cogió el pergamino con el mapa que le había facilitado el rey Dogo y lo consultó.

—Nunca imaginé que una cabeza diese para tanto —reconoció—. Hay una llanura bastante extensa, el Bosque Boreal y otro bosque instalado en las denominadas Tierras Bajas. La cueva está en el corazón del Bosque Boreal. Ahí es a donde nos tenemos que dirigir.

—En los bosques boreales abundan las coníferas, el musgo y el frío —le indicó Tic-Tac, resumiendo la información que acababa de consultar en la computadora.

—Pues toca abrigarse. Te he traído una bufanda —le dijo en broma—. Te la pondré en cuanto salgamos.

Con los mandos de la tetera entre las manos, Ágata casi podía notar el aliento del Destripador en su nuca. Por mucho que tratara de neutralizar ese pensamiento, la perseguía sin cesar. No podía dejar de darle vueltas a la misma idea: la relación que mantenía con Cornelia siempre había sido nefasta, y ella era consciente de que no le perdonaría jamás que hubiese huido de la Escuela de Artefactos y Oficios llevándose a Nuno. La directora entendía que los niños amputados eran de su exclusiva propiedad. Le pertenecían por derecho, como si fuesen objetos. A los ojos de Cornelia, lo que había hecho Ágata era gravísimo. Una traición en toda regla. Pero ¿tanto como para enviar en su búsqueda a un asesino de semejante calibre? Algo no acababa de encajar en aquel rompecabezas tan complejo. Como si le faltase una de las piezas más importantes.

—Cornelia y yo nos odiamos, Tic-Tac —se desahogó con su robot, intentando encontrar una explicación convincente—. Nos odiamos desde siempre. Siendo solo una niña podía percibir su rabia en la mirada, en la manera de hablarme y, sobre todo, en su empeño por hacer como si yo no fuese de su familia. Pero se trata del Destripador, el asesino más despiadado de todos los tiempos. ¿No te parece desproporcionado? Hay algo que no cuadra.

—Sobre todo porque ella siempre se ha preocupado por proporcionarte una magnífica educación —contestó Tic-Tac—. Eso es sorprendente.

—Pero ahí entra en juego su reputación. Jamás consentiría que en la escuela hubiese un alumno que pusiese en tela de juicio su prestigio. Todos los niños amputados son brillantes. Brillantes y extraordinarios.

—Deberías decir *somos*, Ágata.

—Yo ya no pertenezco a ese lugar, amigo. ¡Mira! —le indicó, señalando hacia una plantación de coníferas que se elevaba a escasos metros—. El Bosque Boreal. ¡Por fin!

Avanzaron entre helechos, abetos y algún roble. Estaban a punto de penetrar en la espesura.

Ágata sacó la cabeza por la ventanilla de la tetera para respirar el aire de aquel lugar. Era frío y húmedo. Le despertó unas sensaciones similares a las del Lago de Plata. Recordó cuando ella y León, siendo niños, jugaban a imaginar que eran locomotoras humanas de vapor.

—¡A toda potencia! —exclamaba ella patinando más rápido, abrazada a la cintura de León.

Cuando él escuchaba esa frase, exhalaba todo el aire de sus pulmones de un golpe. En verdad, su boca parecía una chimenea lanzando vaharadas blancas.

—León Winscott, es usted el mejor maquinista de todo Londres.

—Y usted la tejedora de bufandas más generosa del planeta —contestaba él, estirando aquella interminable lengua que le daba varias vueltas alrededor del cuello.

Tejía unas bufandas tan largas que en una ocasión habían envuelto a Nuno como si fuera una crisálida.

—Qué tiempos más maravillosos, Tic-Tac —susurró Ágata, con tristeza.

—Estás idealizando el pasado —la reprendió el robot—. Una infancia tan marcada por la soledad no es una infancia maravillosa. Y tú siempre te has sentido muy sola.

Tic-Tac tenía razón y ella lo sabía.

—Los humanos sois defectuosos —continuó él—. Vivís a caballo entre la nostalgia del pasado y el miedo al futuro. Y, al mismo tiempo, obsesionados con eso que llamáis felicidad.

—Como sigas hablando así, voy a pensar que he creado un monstruo de metal —dijo Ágata, para quitarle hierro—. Y eso que no comprendes por completo los sentimientos humanos. ¡Das miedo, amigo!

El camino se estrechó tanto que se vieron obligados a aparcar la tetera y continuar a pie. El terreno no era el más apropiado del mundo para las ruedas de Tic-Tac, pero de momento podía valerse por sí mismo. Avanzaron entre la espesura, a la sombra de los abetos, de los robles, de los álamos. Ágata se sentía rara sabiendo que estaba caminando sobre una cabeza. El gigante llevaba varias décadas condenado a la inmovilidad, y criaturas de diversas procedencias habían ido adaptando aquel cuerpo a sus necesidades. Pero ¿un bosque en su cabeza? Eso era una de las cosas más delirantes que había escuchado jamás.

—Qué frío —murmuró Ágata, encogiéndose en el interior de su abrigo de pelo—. Tengo miedo de que se nos eche encima la noche. Este bosque no parece muy aconsejable para transitar después de la caída del sol.

—Todavía tenemos dos horas y siete minutos de luz —le informó Tic-Tac, con la antena calculando la posición del sol.

—Pues venga, hay que darse prisa —contestó ella consultando el mapa—. Tenemos que girar a la izquierda a la altura del roble más grueso que encontremos en esta trayectoria. Aquí pone que es inconfundible.

Así era. Se trataba de un árbol centenario con un tronco rugoso y contundente. Doblaba en tamaño a todos los demás robles que lo rodeaban.

—Ahora hay que bajar por ese sendero —continuó, interpretando el mapa a medida que avanzaban—. Tenemos por delante unos setecientos metros antes de la siguiente indicación.

No era sencillo encontrar la cueva, ni siquiera contando con la ayuda del mapa. Había indicaciones complejas, imposibles de comprender a la primera. Atravesaron angostos caminos, subieron una ladera, penetraron en un bosquecillo de robles, sortearon un río. Hubo un momento en que Ágata empezó a perder la paciencia y la esperanza. Según los cálculos de Tic-Tac, solo disponían de cincuenta y siete minutos de luz.

—Es mejor regresar a la tetera y esperar a que pase la noche. —Estaba rendida y tenía miedo de que la oscuridad les deparase alguna sorpresa desagradable.

—Ágata, no sabemos qué distancia nos separa del Destripador. Si esperamos en la tetera y nos encuentra, ¿qué haremos?

—Destrozarlo —le contestó ella, rabiosa—. No he venido con las manos vacías. Tengo un arma y mis recursos. No pienso ponerle las cosas fáciles a ese carnicero de los bajos fondos.

—Es un asesino profesional. —Tic-Tac quería hacerla entrar en razón—. Como decís los humanos, siendo realistas, tus opciones de tumbarlo son tirando a escasas.

—¿Cuántas probabilidades de éxito tengo?

—Un 13 %.

—Maldita sea —protestó ella apurando el paso—. ¿Dónde estás, ermitaño? ¡Ermitaaaaaño! —repitió, gritando todo lo que le permitían sus pulmones.

En aquel instante poco le importaba delatarse delante del Destripador, atraer algún animal, o a cualquier criatura que la estuviese acechando. Necesitaba encontrar a aquel viejo. Lo demás le daba igual.

—¡Ermitaaaaaño! —gritó una y otra vez, hasta quedar exhausta—. Soy Ágata McLeod y vengo a buscarte desde muy lejos. ¿Dónde te escondes?

Con las numerosas desapariciones que se habían producido en los alrededores de la Caverna de los Escarabajos, no parecía muy prudente ponerse a gritar de aquel modo. Lo lógico sería continuar la búsqueda en silencio, para no descubrirse. El ermitaño vivía oculto del mundo porque no quería que nadie lo encontrase. La ecuación era muy sencilla de resolver. Pero ella parecía dispuesta a hacerse oír:

—¡Soy Ágata McLeod! ¡Si tienes valor para dar la cara, sal de tu escondite, viejo! ¿Qué te pasa? —continuó en su empeño—. No me digas que tienes miedo de una chica de dieciséis años.

Justo en ese momento una figura apareció de la nada, abriéndose paso entre la maleza en el punto donde el mapa indicaba que estaba la Caverna de los Escarabajos. La entrada estaba oculta entre la vegetación, imposible localizarla a simple vista. Ágata lo observó de arriba abajo. Era él, no había ninguna duda. La barba le llegaba hasta las rodillas, tenía una melena muy descuidada y llevaba una túnica harapienta que no conocía el agua.

—¿A qué viene tanto escándalo? —protestó el hombre, señalando a los dos amigos con su bastón—. Con semejante barullo me sorprende que no hayáis despertado al mismísimo gigante —añadió dando unos golpes en el suelo con su bastón.

Ágata se quedó muda. La asaltó una sensación muy extraña. Aquella voz, aquel modo de moverse, la delgadez de sus extremidades... Le resultaba vagamente familiar. Pero ¿dónde había visto a aquel hombre? Ella jamás había viajado fuera de su ciudad y el ermitaño llevaba décadas aislado en esa cueva. Sin embargo, estaba casi segura de que se conocían de algo.

—¿Tanto alboroto para encontrarme y ahora que me tienes delante te ha comido la lengua el gato? —la retó él—. Eso no parece propio de una McLeod, Ágata. Qué decepción, pensaba que tenía una nieta valiente.

Una nieta valiente. Aquellas palabras la sacudieron como una descarga eléctrica de 220 voltios. Pero ¿qué estaba diciendo aquel viejo?

—Yo no soy su nieta —murmuró Ágata.

—Claro que lo eres —contestó él, señalándola con el bastón—. ¿Quién crees que te colocó esos ojos mecánicos cuando Cornelia te arrancó los tuyos? Por cierto, veo que hice un trabajo excelente. Y ahora deja de replicar y vamos dentro a hablar. Para eso has venido hasta aquí, ¿no? ¡Ah! Y deja ya de tratarme de usted. Soy tu abuelo.

Ágata no solía quedarse sin palabras, pero en esta ocasión no supo qué decir. «¿Cornelia me arrancó los ojos?».

Agarró a Tic-Tac de una de sus tenazas y entraron en la caverna abriéndose paso entre la vegetación, detrás del ermitaño. «Por muchas posibilidades que contemples, la vida siempre te sorprende por donde menos te lo esperas», pensó ella, con una bola de nervios en el estómago, dándole vueltas a todo lo que aquel hombre le acababa de decir.

Una luz azulada que parecía de otro mundo iluminaba el interior de la cueva de forma muy tenue. Las condiciones de aquel lugar no eran las más recomendables para una persona de la edad del ermitaño. El frío y la humedad penetraban hasta los huesos. Ágata no comprendía cómo podía vivir allí. Era inhumano.

—¿Por dónde quieres que empecemos? —le preguntó el viejo, ayudándose de su bastón para sentarse en una roca de forma redondeada.

Cada vez que se movía su túnica, desprendía un hedor difícil de soportar.

—¿Por qué dices que soy tu nieta? —le preguntó Ágata.

—Comenzaré por el principio. Me llamo Gregor McLeod. Con veintisiete años conocí a Cornelia y dos años después tuvimos una hija a la que le pusimos el nombre de Victoria. Tu madre.

—¡Pero eso no es posible! —exclamó ella, convencida de que el ermitaño estaba delirando—. Cornelia es mi tía, no mi abuela. Ella no debe de tener más de cincuenta años. Estás equivocado.

—Escucha, Ágata: Cornelia tiene exactamente ochenta y siete años, unos menos que yo. Es una bruja que practica las artes oscuras. ¿Nunca has escuchado hablar del Clan de las Córvidas?

Alguna vez, en una de sus míticas expediciones secretas por la Escuela de Artefactos y Oficios, podía ser que hubiese encontrado algún libro donde se hablase de ese clan. Le sonaba mucho, pero no conseguía situar aquel recuerdo tan impreciso.

—Las Córvidas viven el doble que los seres humanos y envejecen a un ritmo mucho más lento —puntualizó él.

—Y si eso es cierto, ¿puede saberse qué viste en una mujer como Cornelia? Es el ser más despreciable que conozco.

—Eso no siempre fue así. Antes de convertirse era... ¿Cómo decirlo? Distinta. —El hombre hablaba con un tono de tristeza en la voz, rememorando un pasado que quedaba a años luz—. Se perdió después de nacer Victoria. Es complicado de explicar y no disponemos de mucho tiempo. Tu asesino no tardará mucho en llegar.

«¡Sabe que me persigue el Destripador!», pensó ella.

—¿Cómo sabes eso?

—Porque tengo el poder de ver el futuro, Ágata. Hace tiempo que sabía que esto iba a ocurrir —le contestó el ermitaño, frotando las puntas de su bigote—. Como tú.

—Yo no veo el futuro —lo contradijo ella—. Te equivocas de nuevo. Me estás confundiendo con otra persona. No soy la persona que tú crees.

—¿Quieres dejar de decir tonterías? —la atajó el hombre, que parecía muy seguro de sí mismo.

Ágata estaba descolocada. No sabía cómo encajar tanta información. Por un lado le impresionaba que supiera tantas cosas: el nombre de su madre y de Cornelia, la existencia del Destripador... Pero había otras muchas que no tenían ningún sentido.

—Si no puedes ver el futuro es porque Cornelia te arrancó los ojos cuando solo eras un bebé —le explicó el ermitaño—. Te arrebató tu don y te condenó a la ceguera. Por eso diseñé esos ojos mecánicos que te llevan acompañando toda la vida. Siempre he sido muy bueno en la mecánica de cuerpos. Supongo que has escuchado hablar de esa disciplina.

—Por supuesto que sí —le contestó ella, llena de orgullo—. Mi mejor amigo es un genio en la materia. Por él estoy aquí.

—Lo sé, Ágata.

—Pero ¿por qué querría Cornelia hacerme algo así? Sé que nunca le he gustado, ¡pero de eso a arrancarme los ojos hay un abismo!

El viejo cogió a Ágata de la mano. A ella le sorprendió el calor tan agradable que emitía y lo suave que era su contacto. De repente, la invadió una sensación muy placentera. Como si sus manos tuviesen el poder de transmitir paz.

—Has nacido para ocupar su lugar, hija —le dijo Gregor, con cariño—. Por eso te arrebató tu don. Te arrancó los ojos para que no pudieses ver el futuro.

—¿Y mis padres lo consintieron? ¿Cómo pudieron tolerar algo semejante?

—Tus padres ya habían desaparecido por aquel entonces. Para ella fue muy sencillo: se hizo tu tutora legal y te acogió para tenerte vigilada y proporcionarte una buena educación sin levantar sospechas. El plan no tenía fisura alguna, a no ser...

—A no ser ¿qué? —lo interrumpió ella, que no daba crédito a lo que estaba escuchando.

—Naciste para acabar con ella, Ágata, lo vi el mismo día de tu nacimiento. No hay nadie que pueda frenar semejante realidad. Ni Cornelia, ni el Destripador. Ni siquiera yo.

—Entonces tú sabías todo esto y a pesar de todo permitiste que pasase mi infancia con esa mujer —le recriminó Ágata—. Me abandonaste. ¿Sabes lo que es para una niña convivir con una persona que te desprecia?

El viejo la miró fijamente con sus ojos azules llenos de pena.

—No tuve alternativa. Mira a tu alrededor. ¿Te parece este un lugar apropiado para criar a una niña?

—No, no lo es. Pero hay miles de sitios a los que pudiste llevarme. Lo que fuese, con tal de protegerme de las garras de esa mujer.

Gregor negó con la cabeza. Parecía afectado de verdad.

—Sé que solo parezco un viejo sucio, harapiento y medio loco, pero las vidas de todos los habitantes de Londres dependen de mí. También la de Cornelia. Por eso vivo aquí, recluido en esta cueva. Por cada criatura que nace en el mundo, mi obligación es construir un nuevo escarabajo. Yo les doy la vida y se la quito cuando llega el momento. Por eso sabía que Cornelia no se atrevería a hacerte daño. Porque le advertí que si te ponía encima un solo dedo, yo acabaría con su vida en el acto. Ven conmigo —le pidió.

Ágata cogió a Tic-Tac en brazos y penetraron aún más en la cueva. El ermitaño los condujo a una cavidad inmensa. La imagen era muy hermosa: en el suelo de aquella estancia había miles de ejemplares de escarabajos de diferentes clases, millones. Escarabajos rayados, mariquitas, ciervos volantes, escarabajos peloteros, picudos rojos, escarabajos titán, escarabajos tigre, luciérnagas... Impresionaba verlos a todos juntos, con sus formas y colores tan diversos. Los había amarillos, negros, verdes, brillantes, rojos, con pintas, con lunares, con rayas... Era imposible dar cuenta de todas las especies que albergaba aquella cueva. En una esquina, uno de ellos estaba a punto de explotar. Brillaba con mucha intensidad y su cuerpo parecía expandirse por momentos. Se acercó al viejo, lo miró fijamente con ternura y se despidió:

—Hasta siempre, Fred —le dijo antes de meterlo en la boca.

Luego cerró los ojos y se concentró hasta que el coleóptero estalló. Varios trozos salieron despedidos de su boca y una pata aterrizó en la cabeza de Tic-Tac.

—Entonces así es como termina la vida de las personas —dijo Ágata—. Escoges un escarabajo, te lo comes y llega el final.

—No exactamente. La elección la hago días antes. Durante ese período el escarabajo empieza a hincharse y a brillar más y más, hasta reventar. A veces entran en combustión y yo me limito a engullir sus restos. Son muy nutritivos. Aquí, como ves, no hay mucho de qué alimentarse. Ellos me proporcionan las proteínas que un viejo como yo necesita.

Ágata arrugó la frente. La idea de una dieta a base de escarabajos le pareció poco apetitosa.

—Quería ahorrarte la imagen del estallido, pero no me ha dado tiempo. Es triste verlos explotar sabiendo que detrás está la muerte de un ser humano. Prefiero que exploten dentro de mi estómago.

—Pero los escarabajos tienen una parte mecánica —observó Ágata.

—Sí, en efecto. Y veo que a ti la mecánica tampoco se te da mal —añadió el ermitaño, señalando a Tic-Tac—. Tienes un robot de categoría.

Tic-Tac emitió un montón de sonidos, como si le gustase aquel cumplido.

—¿Cuál de todos esos escarabajos representa la vida de León? —inquirió Ágata.

El ermitaño señaló el escarabajo rinoceronte que destacaba del resto por su tamaño. Tenía un cuerno formidable y emitía una potente luz azul. Ágata se acercó con cuidado hasta él. En su vientre se movían lentamente un buen número de poleas y ruedas dentadas.

—Tienes que hacer que deje de brillar con esa luz mortuoria —le pidió Ágata—. Necesito que indultes a León. Aún no ha llegado su momento. Por eso he hecho este viaje que me ha traído hasta aquí... Aunque supongo que ya lo sabes.

Ágata estaba convencida de que Gregor iba a argumentar que no era tan sencillo. Que no se podían manejar las vidas de los humanos y que cuando la naturaleza humana emprende el camino hacia la muerte no hay vuelta atrás. Pero no dijo ninguna de aquellas cosas.

—Una vida a cambio de otra —se limitó a decir el viejo.

—¿Quieres que dé mi vida por él? —le preguntó ella, incrédula, temiendo que fuera a obligarla a tomar una de las decisiones más difíciles a las que jamás se había enfrentado.

—En absoluto —contestó él, muy serio.

En ese instante, desvió la mirada y clavó los ojos en Tic-Tac. No podía ser cierto.

—Hija, mi final está muy cerca —le explicó el hombre—. Tanto, que ya no hay tiempo. Necesito un sucesor. Alguien que pueda continuar con mi labor. Tu robot es leal, inteligente y, sobre todo, eterno. Él haría este trabajo mejor que ningún humano.

—No puedes pedirme eso —murmuró Ágata, con los engranajes de sus ojos empezando a girar—. Tic-Tac es mi familia.

—Ágata —intervino el robot, que no había articulado palabra desde que habían entrado en la cueva—. Creo que deberíamos contemplar seriamente la posibilidad que nos está ofreciendo Gregor.

—¿Pero tú quieres quedarte en este lugar? Mira a tu alrededor. No hay nada. Tan solo paredes, frío y humedad.

—Y miles de vidas que estarían en mis manos —apuntó Tic-Tac—. Aquí sería útil.

—¡Pero ya eres útil! —le gritó Ágata, enfadada—. Sin ti estoy perdida, ¿entiendes?

—Eso no es cierto. No necesitas a nadie más que a ti misma. Eres más fuerte de lo que piensas.

—Siento meteros prisa, pero no hay más tiempo —intervino el ermitaño—. El asesino ya está aquí. Tenéis que tomar una decisión.

—La decisión ya está tomada —contestó Tic-Tac, ante la sorpresa de su creadora.

—¡Estupendo! —exclamó el viejo.

Se acercó al robot, agarró sus tenazas sin perder un segundo y cerró los ojos. Ágata permaneció en silencio, presa de una gran impotencia. Las manos de Gregor se iluminaron con un potente brillo azul, como los escarabajos que habían llegado al final de sus vidas. Aquello era tan injusto... Ágata no comprendía que Tic-Tac hubiese aceptado aquel estúpido trato. No lo había meditado lo suficiente, simplemente había actuado por impulso. «¿Por qué?», dijo para sí.

Y entonces escuchó una voz en su interior dándole la respuesta: «Porque tu robot tiene un corazón enorme».

Gregor le traspasó a Tic-Tac todos sus conocimientos a través de las manos en cuestión de minutos. Cuando acabó, estaba exhausto. Se sentó en una piedra para reponer fuerzas y observó con pena a sus queridos escarabajos. En ese punto, una voz retumbó en las paredes de la caverna invadiéndolo todo con su tono macabro y desenfadado:

—¡Tripas, tripas, quiero muchas tripas!

Un escalofrío sacudió a Ágata.

—Escucha, hija —le dijo el ermitaño al oído, hablando muy bajito para que el Destripador no lo oyese—. Tú espera aquí. No salgas escuches lo que escuches. Has venido armada, ¿verdad?

Ella asintió. Odiaba las armas, pero en esta ocasión no le había quedado otro remedio. Aquella era la única que había fabricado en toda su vida. Disparaba balas de plata, que también eran de su creación. Las había grabado una a una con sus iniciales, y estaba dispuesta a meterle una en la cabeza al Destripador si lo consideraba necesario.

—Espero que no tengas que usarla. No estás sola. Siento que no hayamos tenido más tiempo para conocernos —continuó, como si se estuviese despidiendo de ella—. Sé que eres una chica estupenda. Tus padres estarían orgullosos de ti. Confía en ti misma, Ágata McLeod.

—Pero espere, no se marche todavía. Tengo tantas preguntas que hacerle... —Ágata quiso retenerlo—. Necesito saber dónde están mis padres, quién soy yo en realidad, cuál es mi lugar en el mundo.

—Tu lugar en el mundo tienes que encontrarlo por ti misma. No te preocupes, estás muy cerca de conseguirlo —a continuación siguió hablando para el robot—. Eres un digno sucesor, Tic-Tac. Harás un buen trabajo. Estoy seguro.

—¿Y mis padres? —insistió ella, sin darse por vencida—. ¿Dónde están? Necesito saberlo —le suplicó con un nudo en la garganta.

—No hay tiempo, hija. Lo descubrirás muy pronto.

Dicho esto, el viejo salió corriendo de la cavidad donde moraban los escarabajos en busca del Destripador. El asesino, al divisar la figura del ermitaño, empezó a canturrear alegremente su tema predilecto:

—«Que asomen los intestinos, quiero ver tu hígado, quiero tus riñones, también tu corazón».

Capítulo XVIII

Una aparición inesperada

—No pienso quedarme aquí parada sabiendo que ese carnicero va a destripar a mi abuelo.

Ágata desenfundó el arma que llevaba en un departamento oculto en el interior del abrigo y comprobó que las ocho balas estuviesen en el cargador. La pistola era dorada, con infinidad de filigranas y un cañón delgado que debía medir alrededor de treinta centímetros. Dejó el abrigo y la bufanda en una roca. Necesitaba estar cómoda y toda aquella ropa le sobraba.

—Ha llegado la hora, amigo —anunció, hablándole a Tic-Tac.

Salió de la cavidad donde moraban los escarabajos lista para enfrentarse a su asesino. En aquellos momentos no sentía miedo, ni inseguridad, ni rabia. En su mente solo tenía una idea que iba ganando fuerza a cada minuto que pasaba: regresar a casa y arreglar todas las cuentas pendientes que tenía con Cornelia.

Echó un vistazo a la escena el exterior: el Destripador sujetaba un cuchillo enorme con la mano derecha. Su hoja plateada brillaba de forma inquietante en la oscuridad de la cueva.

—No me das ningún miedo. —Gregor se encaró con él—. Para mí solo eres un fantoche. Mírate, con esa túnica y esa máscara tan ridícula. ¿Qué hay debajo de todo eso? ¿Qué escondes?

Ágata podía escuchar la respiración del Destripador. Resonaba de manera agitada en el interior de la máscara de gas. El asesino, sin decir nada, dio varios pasos acortando la distancia que lo separaba del viejo.

—¿Dónde está ella? —preguntó el Destripador.

—No sé de quién me hablas —disimuló el ermitaño—. Aquí solo estamos mis escarabajos y yo. Y ahora también tú. Pero espero que te vayas cuanto antes, porque en este lugar sobras.

El carnicero acarició el filo de su cuchillo con su mano enfundada en un guante de cuero negro, al tiempo que empezaba a decir:

—Podemos hacer esto de dos formas...

—No sigas por ese camino —lo interrumpió Gregor, sin dejarlo continuar—. ¿Me vas a decir eso de que podemos hacerlo por las buenas o por las malas, que dependerá de mi colaboración y todas esas historias? ¿Pero tú con quién piensas que estás hablando? —se mofó el hombre—. Esperaba mucho más de ti.

El asesino se agitó en el interior de la capa. Le picaba todo el cuerpo. Quiso rascarse la cara, pero con la máscara antigás no podía.

«Está incómodo con la situación», pensó Ágata, observando la escena escondida detrás de una piedra.

—Soy el Destripador —dijo el carnicero, dispuesto a dejar claro quien mandaba allí—. El asesino más temible de todo Londres. Una auténtica leyenda viva. No parece muy aconsejable dirigirse a mí con ese grado de suficiencia, viejo. El plan no era destriparte —prosiguió, sin dejar de acariciar el filo del cuchillo—. Cornelia te quiere vivo por ese asunto de la inmortalidad que tanto le preocupa. Parece que eres valioso para ella. Pero si me sigues provocando así, no pienso dudar en rebanarte el cuello.

El ermitaño no contestó. Con un movimiento rápido, le propinó al Destripador un fuerte golpe en el pico con su bastón. La máscara antigás se movió, dejando a la vista parte del rostro del hombre.

—¡Déjame ver tu rostro! —exclamó Gregor, señalando un pedazo de piel toda arrugada—. Así que te avergüenzas de tu aspecto. Por eso llevas esa máscara.

En aquel momento Ágata pensó que el ermitaño estaba jugando con el Destripador. Su abuelo veía el futuro. Tenía que saber desde hacía mucho tiempo que el carnicero tenía el rostro desfigurado. Aprovechando el desconcierto del asesino, que estaba ocupado en recolocarse la máscara antigás, Ágata salió de su escondite y lo apuntó con su arma:

—¿Me buscabas?

—¡Ágata, no! —la reprendió el ermitaño, girándose hacia ella.

El asesino aprovechó ese momento de desconcierto para lanzarse sobre el hombre y ponerle el cuchillo en el pescuezo.

—Hay que ser más rápida —le recriminó el carnicero—. En momentos como este no se puede dudar. Sabía que no ibas a apretar el gatillo. Lo llevas escrito en la frente. Dicho esto, me alegro de verte. Por fin estamos cara a cara.

Ágata pensó en que eso no era cierto desde el instante en que él llevaba la cara tapada, pero no lo dijo. Su principal preocupación era que el asesino tenía un cuchillo en el cuello del ermitaño.

—Suéltalo ahora mismo si no quieres que te meta una bala en la cabeza —lo amenazó ella.

—¿Estás segura de que acertarías? No pareces una experta manejando armas. Imagina que fallas y le das al viejo. ¿Podrías vivir con esa carga?

¿Qué hacer en aquella situación? Cualquier movimiento en falso podría tener un desenlace fatal.

—¡Suéltalo! —insistió Ágata, sintiendo que estaba al final de un callejón sin salida.

—No lo voy a soltar. Todo lo contrario. Si no quieres que lo degüelle aquí mismo, deja la bonita arma en el suelo.

Ágata no se movió. Continuó apuntando al asesino, pensando en que la pistola empezaba a pesarle más de la cuenta.

—Tic-Tac, ¿qué posibilidades hay de que salga con vida de esta cueva si hago lo que me dice?

—Hay demasiadas variantes. No puedo realizar un cálculo fiable.

—¡Dispara, Ágata! —gritó entonces el ermitaño—. Métele a ese indeseable una bala en la cabeza y acaba con él de una vez.

—Una sola palabra más y juro que te rebano el pescuezo —le advirtió el Destripador, al límite de su paciencia.

—Venga, ¿a qué estás esperando? —insistió Gregor, que no parecía temer por su vida en absoluto—. Mata a este payaso. No tengas reparos, nadie lo va a echar de menos. ¡Míralo! Está completamente solo.

Aquellas últimas palabras tuvieron un efecto devastador. La tensión estalló en el ambiente como una bomba atómica invisible. «Qué pena no poder verle la cara ahora al carnicero», pensó Ágata, convencida de que estaba afectado. Podía percibirlo en el aire.

—¿Y a ti, viejo? —susurró en su oído—. ¿A ti quién te va a echar de menos?

A continuación, sin ofrecer alternativa, agarró a Gregor McLeod del pelo, tiró con fuerza hacia atrás y le practicó un profundo tajo en el cuello, de izquierda a derecha:

—Voy a hacer salchichas con tus intestinos —le dijo a modo de despedida.

El primer impulso de Ágata fue cerrar los ojos para no presenciar aquella escena. Era consciente de que la imagen de su abuelo con la sangre saliendo a chorro del pescuezo la iba a acompañar el resto de su vida. Quiso gritar su nombre, darle las gracias por haberle construido aquellos ojos mecánicos y salvarla de la ceguera. Llamarle abuelo, aunque solo fuera por una vez. La primera y la última. Pero ya no era posible. Estaba muerto, entre los brazos de su carnicero.

Ágata recolocó las manos en la pistola, preparada para disparar. Apuntó a la frente del carnicero y respiró hondo. Justo cuando iba a apretar el gatillo, los motoristas del rey Dogo irrumpieron en la cueva:

—Suelta el cuchillo, levanta los brazos y date la vuelta despacio —le ordenó uno de los bulldogs al Destripador, apuntándolo con un fusil—. Y que no se te ocurra hacer ningún movimiento raro.

Pero ¿qué hacían ellos allí? ¿Cómo habían dado con su paradero?

—El rey Dogo —murmuró Ágata, contestando aquella pregunta sin necesidad de que nadie se lo explicase.

Pensó en Blanca Dogo, en sus patas inertes, en el dolor infinito que había en sus ojos. El rey Dogo estaba dispuesto a hacer todo lo posible para que Ágata regresase con León a la Ciudad de los Perros. Ellos eran la única esperanza de Blanca. No iba a permitir que El Destripador destruyese la opción que les quedaba para recuperar su vida. Por un brevísimo instante, Ágata sintió envidia de la relación que Blanca tenía con su padre. Pero enseguida neutralizó ese sentimiento.

—Venga, suelta el cuchillo. No te lo voy a repetir —insistió el bulldog.

El Destripador estaba acorralado. No le quedaba otra salida. Lo sabía, por eso no hizo ningún movimiento en falso. Se limitó a soltar el cuchillo y también al viejo, observando a Ágata desde sus gafas negras. El cuerpo sin vida del ermitaño resbaló hasta el suelo con una lentitud exasperante.

—Salchichas con sus intestinos, no lo olvides —se dirigió a Ágata antes de darse la vuelta con los brazos en alto, con la única intención de hacerle daño.

Los bulldogs se acercaron a él, lo redujeron y le pusieron unas esposas.

Ágata no quería llorar delante del carnicero, pero aquel hombre, el creador de sus ojos mecánicos, bien valía una lágrima. Por eso fue hacia él, lo cogió con ternura entre sus brazos y dejó que los engranajes de sus ojos se moviesen con total libertad. Una lágrima, dos lágrimas, tres lágrimas...

—«Si me bebo tus lágrimas, me dolerá la barriga por la noche —le dijo para reconfortarlo, a pesar de saber que ya

La balada de los unicornios

no podía escucharla—. La tristeza tiene patas de araña y crece. Como también crecen los sueños, y la lluvia cuando cabalga huyendo de su nube. Y tú y yo, con nuestros cuentos de invierno y las sonrisas de niños raros, que no comprenden el color de las lágrimas ni el sabor de la tristeza».

Tic-Tac contemplaba la escena con su antena girando lentamente. Entre sus tenazas sostenía los restos de un escarabajo que acababa de explotar hacía apenas un par de minutos.

—Hasta siempre, ermitaño —se despidió el robot.

A continuación, se metió los restos de un escarabajo en la boca y se los tragó. Él no necesitaba alimentarse, pero decidió seguir de manera fiel las pautas del ermitaño.

—Era él, ¿verdad? —le preguntó Ágata.

—Sí, pero no debes estar triste. Gregor ha muerto feliz.

—¿Y tú, Tic-Tac? —quiso saber ella, que continuaba abrazada al cadáver de su abuelo—. ¿Vas a ser feliz en este lugar?

—Yo no puedo ser feliz en ninguna parte —le contestó el robot—. Te olvidaste de otorgarme esa capacidad.

—No lo olvidé, amigo —susurró ella—. No se pueden fabricar sentimientos.

—¿Vendrás a visitarme? —le preguntó el robot, rodando hasta ponerse a su lado.

—¡Qué remedio me queda! —le dijo Ágata, medio en broma—. Va a ser el único modo de verte. Tú ya nunca saldrás de aquí —añadió sin ocultar la pena que le producía esa idea.

Tic-Tac estiró una de sus tenazas y acarició el rostro de Ágata.

—Nunca te he dicho esto, pero eres mi madre y te quiero como solo puede querer un robot. De una forma inexplicable.

En aquel instante, el tatuaje de Ágata comenzó a cambiar a toda velocidad. Su piel se estiraba tanto en algunas zonas que le dolía.

—¡Tic-Tac! —exclamó ella levantando la ropa para mostrarle su espalda—. Dime qué está sucediendo.

León estaba completamente azul, tendido sobre la cama, y respiraba con dificultad. Su pecho se hinchaba y se deshinchaba con una lentitud asfixiante. El final estaba muy cerca.

—León se muere —la informó el robot—. Tengo que darme prisa.

Rodó hasta donde estaban los escarabajos. Sabía cuál de todos aquellos representaba la vida de su amigo. Lo cogió entre sus tenazas y se concentró como le había enseñado el abuelo de Ágata, hasta que la luz azul desapareció por completo. Así fue como Tic-Tac salvó la vida de León.

—Dime que ha funcionado —susurró Ágata mostrándole de nuevo su espalda.

León acababa de arrancar de sus brazos las vías que lo mantenían atado a la máquina de Cornelia. Cuando Tic-Tac le describió a Ágata la escena, ella se arrodilló en el suelo y lloró de emoción. Por León, por Nuno y por ella misma. Pero en su llanto también había tristeza por el abuelo que acababa de perder y por su querido robot.

León se incorporó en la cama con una sensación rara, como si se acabase de despertar de un sueño de meses, y cayó en la cuenta de que el brillo azul había desaparecido por completo de su cuerpo.

—Ágata, lo has logrado—susurró.

Una araña con los ojos rojos salió corriendo de debajo de la cama, dispuesta a informar de lo sucedido a la directora.

León la detectó en el acto. Le lanzó un pesado objeto decorativo que tenía sobre la mesa de noche y le dio de lleno, aplastándola contra el suelo.

Capítulo XIX

Madrugada de plumas

Wendy llevaba el uniforme de las Albinas. Hacía mucho tiempo que no se lo ponía, exactamente desde la batalla que había enfrentado a su clan con el Clan de las Córvidas. Consistía en un mono de cuerpo entero de color blanco, con las torres del palacio estampadas en las piernas. En la espalda, bordado en color lila, tenía un unicornio alado con las patas delanteras erguidas, en posición de ataque. La reina observó su reflejo en una de las paredes de cristal del observatorio. El cabello blanco, las pestañas largas como las antenas de un insecto, aquella palidez extraterrestre, sus ojos bicolores... Era una auténtica Albina. Rara pero extraordinaria. En el fondo ella comprendía mejor que nadie lo que sentían los niños amputados. Todos ellos tenían un don. Una cualidad que los hacía brillar y al mismo tiempo los hacía diferentes. Pero un don puede acabar siendo una verdadera condena, si no sabes manejar tu propia luz.

En el centro de la sala, el globo terráqueo reposaba en su lugar habitual, sobre la estructura de hierro repujado. A sus pies estaba el suelo cuadriculado como un tablero de ajedrez. Wendy clavó la mirada en las baldosas y pensó en que parecía estar disputando una partida donde había alfiles, torres, peones y, por supuesto, una reina blanca.

—Majestad —la llamó Max desde la puerta—. Solicito permiso para entrar.

—Adelante, Max.

—Ya están aquí las arañas de Cornelia, tal y como usted vaticinó que sucedería. Han rodeado todo el perímetro del palacio.

—Desproteger la Escuela de Artefactos y Oficios en este momento constituye un error fatal. Ágata lo ha conseguido, Max —le informó Wendy, que había visto todo lo que acababa de suceder en la caverna de las Escarabajos a través del globo terráqueo—. Los bulldogs han detenido al Destripador.

—¿Y el ermitaño?

—Ha sido asesinado por el Destripador. Pero ya tiene sustituto. Tic-Tac ocupa su lugar y ha indultado a León. Sabes lo que eso significa, ¿verdad?

—Que Ágata ha demostrado su valía. Lo ha conseguido. Ha llegado hasta la cueva y León vive. Las Albinas aceptarán que dirija la Escuela de Artefactos y Oficios. Pero ¿las Córvidas lo van a permitir?

—Quién sabe —dijo la reina—. Sospecho que Cornelia ha actuado por su propia cuenta y riesgo, al margen de las integrantes de su clan. Si eso es así, van a dejarla sola en esta batalla.

—¿A qué se refiere?

—A toda esa obsesión por la inmortalidad. Es una fijación que persigue a Cornelia desde que practica las artes oscuras. Intuyo que los experimentos están encaminados en exclusiva para su propio beneficio. Y eso no creo que le haga ninguna gracia al resto de su clan. Tendría demasiado poder.

—¿Y las Albinas? Ellas están al tanto de todo lo que está sucediendo, ¿verdad? —le preguntó el jefe de la guardia real, sin atreverse a concretar. Permanecía alerta, preocupado por el comportamiento de Wendy en los últimos días.

—Si te refieres a que tengo encerrado a ese maldito cuervo en una jaula, sí, todas las Albinas lo saben. Y me han pedido que lo suelte —añadió, muy seria.

—¿Y lo vas a hacer?

Máximo parecía intranquilo. Wendy no tenía duda de que era un buen hombre. Pero había traspasado una línea peligrosa, y eso jamás podría borrarlo de su cerebro. «Es un comportamiento humano —pensó entonces—. Tal vez estés siendo con él más dura de lo necesario». Ese pensamiento cruzó su mente como un relámpago que rompe el cielo en dos.

—Max —empezó a decir Wendy—. ¿Qué es para ti el amor?

El jefe de la guardia real se derritió con aquella pregunta. Le gustaría decirle tantas cosas que no le llegarían todas las palabras del mundo para describir lo que ella le provocaba.

—El amor es una arruga en el corazón —se limitó a decir—. Nos vuelve vulnerables. Y ahora, si me disculpa, tengo que organizar a mis hombres —añadió, buscando así una manera de huir de aquel instante—. Esas arañas son capaces de entrar por cualquier grieta.

Wendy se quedó sola en el observatorio. La luna era apenas un minúsculo punto de luz perdido entre la masa de plumas negras que rodeaba el palacio.

—Una arruga en el corazón... —repitió en voz baja, con la imagen de Sophie en la cabeza.

¿Cuánto tiempo puede vivir alguien echando de menos a otra persona? ¿Tal vez toda la vida? Le parecía el más triste de los finales para una historia de amor. Convivir con la ausencia arrugando tu corazón hasta volverlo diminuto. Con esa idea dándole vueltas en la cabeza, bajó a su cuarto. Ya no podía demorarlo más. Tenía que soltar al hijo de Cornelia.

En cuanto puso un pie en la estancia, sintió todas las miradas de las Albinas dirigiéndose a ella.

—Tranquilas —las calmó—. Vengo en son de paz.

Sophie le lanzó una sonrisa pícara desde su retrato.

—Cuervo, mi intención es soltarte —anunció mientras quitaba el paño negro que cubría la jaula—. Veremos si tu madre acepta un trato.

El ave la miró fijamente desde sus ojos redondos como dos botones. No, como dos bolas de cristal. O como dos caramelos con una espiral roja en el centro que comenzó a girar y girar.

«¿Qué pasa? ¿Mis arañas y mis cuervos te han hecho recapacitar?», le preguntó Cornelia, hablando dentro de su cabeza.

«Me subestimas si piensas que me dejo amedrentar por unos pájaros y cuatro bichos —le contestó Wendy—. Y subestimar a una adversaria te vuelve débil».

«Déjate de discursos. ¿Qué quieres?».

«Ofrecerte la última posibilidad de un trato. Tu cuervo a cambio de León —añadió, sin rodeos—. Una vida por otra».

Cornelia reflexionó durante unos segundos. Le sorprendía aquel cambio de actitud. En la última conversación que habían tenido, Wendy se había mostrado inflexible.

«¿A qué se debe esta generosidad? ¿No será que tus amigas las melindrosas te han dado un toque de atención?», le preguntó.

«¿Y a ti, Cornelia? —inquirió Wendy, aprovechando la ocasión para tomarle la medida—. ¿No te han dado un toque de atención las de tu clan? Es muy feo experimentar a sus espaldas...».

«Eso no es asunto tuyo —le espetó Cornelia—. ¿Dónde quieres que hagamos el intercambio?».

«Eso significa que aceptas mi trato. Pues empieza por decirle a tus cuervos que se larguen de mi palacio. Lo están poniendo todo perdido de plumas».

«Eso lo haré cuando mi hijo regrese a casa».

«De acuerdo. Pues que sea esta noche. Trae a León al palacio. Intacto», puntualizó.

Aquella madrugada, los habitantes insomnes, los de sueño ligero y los paseantes nocturnos tuvieron la ocasión de presenciar algo único. Pasadas las tres, una bandada formada por cincuenta y tres cuervos sobrevoló la ciudad transportando un muchacho. Era León, que viajaba amarrado por los pájaros. Lo agarraron del pijama con sus garras y salieron por la ventana de la Escuela de Artefactos y Oficios sin darle tiempo a reaccionar. Cuando Cornelia cayó en la cuenta de que León se había desconectado de la máquina y ya no brillaba con la luz que significaba la muerte inminente, maldijo a Wendy. El trato no era limpio. «Da igual, lo importante ahora es recuperar a mi hijo», pensó justo antes de dar a sus pájaros la orden de llevarse a León al palacio.

—¡Las ventanas, Max! —gritó Wendy cuando los cuervos que cercaban su cuarto empezaron a golpear el cristal.

Clavó la mirada en el hijo de Cornelia y de inmediato la escuchó hablándole dentro de su cabeza: «Libéralo y mis pájaros te entregarán a León».

—Más te vale, Cornelia —le advirtió Wendy—. Más te vale. Abrió la jaula, cogió el cuervo por el pescuezo y se acercó a la ventana.

—¡Vuela, pájaro! —exclamó, dejándolo libre.

El animal graznó y emprendió el vuelo de manera algo desacompasada, como si estuviera buscando su lugar en aquel cielo nocturno, después de tanto tiempo encerrado. Cornelia cumplió su promesa. Sus discípulos entraron por la ventana generando una corriente de aire y posaron a León sobre la cama de Wendy. Tan pronto como lo hicieron, Máximo y otros siete guardias los apuntaron con sus lanzas:

—¡Fuera de palacio! —gritó el jefe de la guardia real, con voz firme.

Los cuervos salieron por la ventana, veloces. Tras ellos, los otros, los que mantenían cercado el palacio, comenzaron a retirarse por turnos. Las arañas fueron las últimas en irse. Lo hicieron de manera sibilina, en medio del silencio que las caracterizaba.

La calma regresó cuando estaba a punto de romper el día. En el horizonte, una deliciosa luz anaranjada empezaba a escintilar tímidamente.

—Por fin tengo delante de mí al famoso León —le dijo Wendy, tratando de parecer amigable, sentada a los pies de la cama.

—Yo soy el que debería decir eso. Usted es bastante más famosa que yo —contestó él, con timidez, embobado por el color de los ojos de Wendy, por su cabello, por su piel transparente—. Disculpe mi pregunta: ¿qué hago aquí, en su cama? ¡Qué vergüenza, estoy en pijama!

Wendy, después de semanas y semanas sumida en la sombra, sonrió. A Max también se le escapó una sonrisa. Y a Sophie, por supuesto. Y en esta ocasión, las tres sonrisas fueron de ternura.

—Es una larga historia —le contestó ella—. En resumen: Ágata lo ha conseguido. Encontró al ermitaño.

—Eso lo sé desde que mi piel dejó de ser azul.

—¿Te gustaría ver a Nuno? —le preguntó entonces Wendy.

Jamás se le había pasado por la cabeza permitir a un civil visitar el observatorio. Era un lugar sagrado. Pero con todo lo que había sufrido aquel chico, bien merecía un instante de felicidad. Y ella se lo podía conceder.

—¿Nuno está aquí? —dijo él, con la esperanza asomando por cada uno de los poros de su piel.

—Aún no, pero regresará muy pronto. Ven —añadió ella, ayudándolo a incorporarse—. Voy a enseñarte algo.

Cogidos del brazo como dos adolescentes que pasean a la orilla del mar, subieron hasta el observatorio. Aquel lugar mágico donde todo era posible. Incluso viajar a cualquier lugar del mundo sin moverse de lo alto de una torre.

Capítulo XX

Plumas y unicornios

Á gata viajaba aferrada al timón de la aeronave con la mirada clavada en el horizonte. Llevaba varios días volando, deteniéndose tan solo para dormir lo imprescindible, reponer fuerzas y continuar. Al principio, la idea de los motoristas bulldogs de emplear el artefacto del Destripador para volver a casa le había parecido un disparate. Ella no necesitaba aquel barco aéreo, tenía su tetera. Gracias a ella había llegado a la Caverna de los Escarabajos y ahora la llevaría de regreso. Pero después de mucho insistir, la habían hecho entrar en razón con un argumento difícil de rebatir:

—Llegarás en la mitad de tiempo. La aeronave es mucho más rápida. Además, despistarás a Cornelia —había añadido aquel bulldog—. En cuanto vea que te aproximas, pensará que eres el carnicero. Usa su propia arma, aprovecha el desconcierto para dispararle esas lascas envenenadas de marfil. Es lo que se merece.

Ágata no podía alejar de su mente el rostro del asesino. Antes de partir, le había arrancado la máscara antigás. Él profirió un grito de pánico, como si le provocase auténtico pavor mostrar su rostro. Estaba tan desfigurado que era difícil imaginar cómo habría sido antes del accidente. Porque si algo tenía claro Ágata era que el Destripador había sufrido un accidente. Su cara era un mapa de profundas quemaduras.

—Eres un monstruo —le había dicho ella, obligándolo a mirarla a los ojos sin aquellas gafas oscuras tras las que se ocultaba—. Un monstruo por dentro. Ahí radica tu verdadera tragedia.

Así lo sentía ella. La cara del carnicero tenía arreglo. Cualquier estudiante avanzado de la Escuela de Artefactos y Oficios podría reconstruirlo con un poco de paciencia y mucha pericia. Pero con su interior no podían hacer nada. Nada en absoluto.

Antes de volver a casa cavó una tumba para su abuelo en la entrada de la cueva, con la ayuda de los bulldogs. A Ágata le parecía extraño enterrarlo en la cabeza de un gigante... pero la lógica que regía en aquel lugar era distinta y no le quedaba otro remedio que adaptarse a ella.

—Nos vemos en la Ciudad de los Perros —dijo al despedirse de los motoristas—. Decidle al rey Dogo que volveré enseguida para ayudar a Blanca. Y, por favor, dadle un beso a Nuno de mi parte.

—Lo haremos, Ágata —le aseguraron los motoristas, mirándola fijamente con respeto y admiración—. Buena suerte y buen viaje.

A continuación, le revelaron el modo de llegar antes a su ciudad. Había un camino alternativo.

—¿Un camino alternativo? —les preguntó ella, con suspicacia.

—Siempre hay un camino alternativo —le contestaron al unísono.

El sol iluminaba el paisaje con timidez. En la soledad de aquella sofisticada aeronave Ágata reflexionó sobre la pérdida. Durante el viaje al País del Gigante había ido dejando atrás personas importantes. Primero a León. Luego a Nuno. Después a Tic-Tac. Y, en el medio, la inesperada pérdida del creador de sus ojos mecánicos, su abuelo. Le parecía que la vida en la Escuela de Artefactos y Oficios quedaba muy lejos. Las escapadas nocturnas, los paseos por la ciudad de la mano de Tic-Tac, bajo la luna y la niebla inclemente. Los enfrentamientos con la gobernanta, el odio a Cornelia. El velocípedo, las gafas binoculares, los motores, el viejo bazar. Todo parecía sumido en una nebulosa. Como si perteneciera a otra vida. Como si ella fuese ahora otra Ágata.

—En el fondo soy muchas Ágatas —pensó en voz alta.

Los bulldogs habían llevado al Destripador a la Ciudad de los Perros. Allí lo juzgarían por el asesinato de la galgo. El rey Dogo sería inflexible con él, y con suerte, pasaría el resto de sus días encerrado en una jaula. O quizás con una correa al cuello, caminando a cuatro patas todo lo que le quedaba de existencia. Condenado a mostrar su rostro. «Por desgracia, eso no le devolvería la vida ni a la perra ni a las cinco mujeres asesinadas en Whitechapel».

El regreso a Londres se le hizo corto. Durante aquellos días de soledad pasó algo de frío y también hambre. Apenas le quedaban víveres y había tenido que racionarlos comiendo solo cuando se sentía desfallecer. Pero a pesar de todo, estaba satisfecha. Había conseguido salvar a las dos personas que más quería: Nuno y León. Aunque la ausencia de Tic-Tac por momentos la angustiaba.

Ahora solo le quedaba ajustar las cuentas pendientes con Cornelia. La palabra fracaso no entraba dentro de las posibilidades. Cruzó las fronteras de la ciudad un miércoles. El sol estaba a punto de desaparecer en la línea del horizonte y la niebla era una criatura ciclópea. Por momentos parecía aumentar de tamaño. Ágata inspiró hasta hincharse por completo de las sensaciones que le provocaba aquella urbe.

—Ya estoy aquí, Cornelia.

Surcó el cielo a toda velocidad, con una única idea latiendo con fuerza en su cerebro: volver a abrazar a León. Decirle «te quiero». Atreverse a vivir. Pasó rozando las torres del palacio de Wendy y de la abadía.

—Cuánto os he echado de menos —susurró, dirigiéndose a aquella construcción que formaba parte de su paisaje interior.

Y por fin, la Escuela de Artefactos y Oficios. Tan pronto como divisó el edificio, el corazón empezó a golpearle sin piedad en el pecho. Todo su cuerpo se estremecía con cada latido. «Vengo a por ti, Cornelia», repetía ella, dispuesta a enfrentarse a lo que fuera necesario. Disminuyó la velocidad, pulsó el botón que abría las compuertas del suelo y colocó en el soporte frontal el arma con la que el Destripador había asesinado a la galgo. Luego esperó. Sabía que Cornelia no se iba a demorar. Primero aparecieron los cuervos. La puerta del edificio se abrió de par en par y una bandada la atravesó volando de manera rítmica y acompasada.

—Piensan que soy el Destripador. Esta calma no es normal —susurró ella.

Tenía razón. Al detectar la aeronave, el primer impulso había sido pensar que se trataba del carnicero. Así lo anunció Ofelia, la gobernanta:

—¡Acaba de llegar el Destripador! —exclamó al divisar la aeronave desde una ventana.

Cornelia salió del edificio detrás de los cuervos para recibir a su sicario. Miró hacia arriba y por un instante sintió que le faltaba el aire. Allí estaba Ágata, pilotando la aeronave como si fuese de su propiedad.

El vehículo descendió hasta quedar solo unos metros por encima ella. Ágata la apuntaba con el arma. Aquella imagen le resultó insoportable. Los cuervos empezaron a volar en círculos alrededor de ella y su cólera se desató. Su cuerpo estalló en plumas como una bomba que revienta destruyendo todo a su paso.

Primero sucedió en sus brazos. Más de cien plumas negras atravesaron la carne con violencia. Cornelia profirió un grito de dolor y de rabia y se preparó para lo que estaba por venir, con todos los músculos en tensión. Su cuerpo al completo fue víctima de una agresiva mutación. La cintura, las piernas, cada uno de sus órganos... todo se desfiguró en cuestión de minutos. La última parte de la transformación fue la de mayor impacto. El cuervo que llevaba dentro, aquel que había asomado de manera amenazadora el día en que Máximo le había llevado la carta de Wendy, salió de su boca como una bestia que llevase años dormida. Acababa de despertar, tenía un hambre feroz y estaba dotado de una fuerza monstruosa

—La auténtica Cornelia —murmuró Ágata, observando desde arriba a aquella mujer cuervo.

Siempre había sospechado que albergaba algo muy oscuro y radical, pero jamás había imaginado que tenía alma de cuervo. Su porte era majestuoso. Con las alas abiertas, de extremo a extremo debía medir cerca de dos metros. Brillaba como el azabache y no había perdido ni una pizca de elegancia.

—Tan bella y tan peligrosa —dijo Ágata, apuntándole con el arma de la aeronave.

Cornelia echó a volar con violencia. No era difícil intuir que iba abalanzarse contra ella con aquel impresionante cuerpo de pájaro. Sacudía las alas con violencia, provocando una corriente de aire a su alrededor. Antes de que golpease el barco aéreo, Ágata disparó. No lo dudó ni una milésima de segundo. Si algo había aprendido en el enfrentamiento con el carnicero, en la Caverna de los Escarabajos, era que al enemigo no se le podía dar ni una sola oportunidad. El primer disparo pasó rozando una de sus alas, pero no atinó. Necesitó otros tres para dar en el blanco. Sucedió justo antes del primer ataque contra la aeronave. Con el impacto, Ágata cayó al suelo y se llevó un fuerte golpe en la cabeza.

—Si piensas que vas a acabar conmigo empleando un arma que yo misma mandé construir, estás muy equivocada —graznó Cornelia, sosteniéndose en el aire con el clásico batir elástico de sus alas.

El disparo no parecía haberle afectado ni un ápice.

—Gregor McLeod me habló de ti —le dijo Ágata, tratando de ganar tiempo. Le dolía el golpe en la cabeza y estaba aturdida—. Me explicó muchas cosas. Cosas que tú jamás te atreviste a contarme, abuela —añadió, remarcando esta última palabra.

—El viejo Gregor siempre ha sido un deslenguado.

—Me arrancaste los ojos cuando no era más que un bebé —la acusó Ágata—. Mis verdaderos ojos, esos que me permitían ver el futuro. Eres mezquina. Tanto, que me produces náuseas.

Cornelia se preparó para un nuevo ataque, pero esta vez la idea no era arremeter contra la aeronave. En esta ocasión iría directa a por Ágata, sin compasión. Ya bastaba de tonterías. Se lanzó con el pico apuntando a su yugular. La joven apretó el gatillo sin parar, hasta quince veces. Las lascas de marfil se clavaban en el cuerpo de la mujer pájaro sin causar ningún efecto. «Estoy perdida», pensó Ágata. Cornelia estaba a punto de lanzarse sobre ella.

No tenía otra opción, así que levantó el arma y la arrojó contra la cabeza de Cornelia con todas sus fuerzas. Las dos cayeron al suelo, una por el impacto que acababa de recibir y la otra por el esfuerzo. La mujer pájaro tardó unos segundos en recomponerse. Entonces contraatacó: se abalanzó sobre su nieta y le atravesó el cuello con el pico. Ágata sintió como si le hubiesen clavado un cuchillo de acero. Comenzó a sangrar con profusión y todo empezó a dar vueltas a su alrededor.

La Escuela de Artefactos y Oficios se nublaba por momentos. Se desdoblaba y se volvía a recomponer, como en un juego de espejos.

—Debí haber hecho esto hace mucho tiempo —graznó Cornelia, volando en círculos sobre la aeronave.

Había cuervos por todas partes. Contemplaban la batalla desde el aire, como si fuesen el público que asiste a un espectáculo.

—¡Venga, ponte de pie! —le exigió la mujer pájaro.

Ágata estaba mareada y tenía las manos llenas de la sangre que manaba de su cuello. Intentó coger el arma del suelo, pero pesaba demasiado.

—Tu imagen es patética —le espetó Cornelia desde arriba, batiendo sus contundentes alas.

Los cuervos empezaron a graznar todos a un tiempo, animándola con entusiasmo. «Ha llegado el final», pensó Ágata. Sabía que no podría derrotar a aquella criatura. Cada vez le parecía más y más grande. Había hecho todo lo posible, pero ya no podía más. El agotamiento de todas aquellas semanas la aniquiló de repente. Se puso de rodillas y cerró los ojos. Esperando la muerte pudo contemplar las imágenes más felices de su vida pasando a toda velocidad. Lo que nadie podía negarle es que se había entregado al mundo con la intensidad propia de una McLeod.

—Os quiero —susurró pensando en León, Nuno y Tic-Tac.

Entonces, sintió un punto de luz en su interior. Fue una especie de chispa que prendió de repente. Cuando volvió a abrir los ojos supo que había una esperanza. Sobre la planicie etérea del cielo, volaba un hermosísimo unicornio alado. «Mi unicornio». Levantó las patas delanteras, en posición de ataque, y se precipitó contra Cornelia con toda su fuerza.

La lucha fue encarnizada. Wendy estaba dispuesta a vengarse por fin, después de tantos años esperando. Sabía que este no era un sentimiento digno de una Albina. Pero ¿cómo evitar sentir aquella rabia? La imagen de Cornelia devorando el corazón de Sophie era demasiado dolorosa. Tanto, que fue lo último en lo que pensó antes de atravesar el estómago de la mujer pájaro con su cuerno trenzado. Cornelia se desplomó en el jardín de la Escuela de Artefactos y Oficios. Desde las ventanas de la institución, docenas de pares de ojos observaban la escena, entre el miedo y el asombro. Eran los niños amputados que habitaban allí.

La mujer pájaro se retorció en el suelo hasta recobrar poco a poco su figura humana. El unicornio se acercó a Ágata, y tal y como había hecho en las Praderas Flotantes, la espolvoreó con su cuerno mágico. A continuación, se tumbó en la aeronave para que la chica se subiese a su lomo. De ese modo, una a caballo de la otra, llegaron hasta el suelo. La vida de Cornelia se extinguía sin remedio como la luz vacilante de un cirio.

—¡Larga vida al Clan de las Albinas! —gritó Wendy, con su voz de unicornio.

Los cuervos graznaron enloquecidos y comenzaron a volar sin control, chocando unos con otros. Ofelia salió despavorida del edificio, se agachó junto al cuerpo de su querida Cornelia y pasó con ella los últimos minutos que le quedaban de vida.

—Te quiero tanto —le susurró al oído, acariciándola con ternura.

Ágata no comprendía cómo la gobernanta podía sentir algo tan fuerte por aquella criatura.

El cuervo con el pico roto, el hijo de Cornelia, se posó a su lado. Una lágrima negra resbaló por su cara menuda. Observó a Ágata con sus ojos redondos como dos botones. No, como dos bolas de cristal. O como dos caramelos con una espiral roja en el centro que empezó a girar y girar. «Se ha cumplido tu destino», resonó la voz de Cornelia en el interior de su cabeza. Parecía dispuesta a hablar con sinceridad. «Deseo que tu vida esté llena de sufrimiento».

—Ni siquiera a las puertas de la muerte eres capaz de dejar atrás tu rencor —le contestó Ágata—. Estás llena de odio, pero el odio va a morir contigo. ¿Ves a todos esos niños que te observan con pánico al otro lado del cristal? —continuó, señalando las ventanas de la escuela—. Van a ser libres desde este preciso instante.

—Eres igual que tu madre.

Ágata se estremeció. Sus engranajes empezaron a moverse, pero ella los frenó. No pensaba darle el placer de verla llorar.

—¿Dónde están ella y mi padre? ¿Qué les hiciste? —le preguntó con serias dudas de que fuese a contestar.

—Nos vemos en otra vida, Ágata —le dijo, antes de enmudecer para siempre.

Y sin más, la voz de Cornelia se apagó dentro de su cabeza para no regresar jamás. Su hijo predilecto se metió en el interior de su pelo y desapareció. Ofelia profirió un grito de dolor que rompió el silencio. Segundos después, arrastró su dolor. Se puso de pie y echó a andar, dirigiéndose a la salida del recinto de la Escuela de Artefactos y Oficios. Atravesó el portal sin mirar atrás. Nunca jamás regresaría a aquel lugar.

—Vamos a palacio. León te está esperando —le dijo el unicornio a Ágata.

—Plumas y unicornios —susurró ella, antes de perder el sentido.

Epílogo

León, Ágata y Nuno estaban patinando sobre el hielo del Lago de Plata. A su alrededor, un grupo de niños reía sin parar. No conseguían dominar los patines y se caían una y otra vez. Dos niñas cruzaron las aguas congeladas luciendo un artefacto de creación propia. Eran las niñas del gramófono. Al tiempo que pedaleaban, hacían sonar una alegre melodía que explotaba dentro de sus corazones como una piñata llena de confeti. Los gritos de alegría aderezaban el paisaje con una maravillosa energía invisible. Ya nunca más serían los niños amputados.

Las Albinas habían nombrado a Ágata directora de la Escuela de Artefactos y Oficios. Había demostrado su valía al encontrar al ermitaño y superar los obstáculos de aquel peligroso viaje. Ágata era un Genio.

—¡Nuno, niño hélice! —exclamó ella—. Vuela como una libélula.

Él, con una sonrisa de rebanada de sandía, presionó el botón en su maletín y trazó una pequeña parábola en el aire.

—¡Le prometí a Blanca Dogo su propio casco-hélice! —les dijo, desde arriba—. Tenemos que ir a visitarla y llevárselo. Ahora que puede caminar, ya no tiene excusa.

Así era. Ágata había cumplido su promesa: regresó a la Ciudad de los Perros con León, y entre los dos consiguieron colocarle a Blanca unas prótesis. Su recuperación requería un tiempo, pero habían conseguido devolverle la movilidad. El rey Dogo los había nombrado hijos predilectos del país.

De regreso a la Ciudad de los Perros, lo más impactante había sido el reencuentro con el Destripador. El rey Dogo le había requisado la máscara y ahora iba con el rostro al descubierto. Lo tenía completamente deformado, lleno de quemaduras y cicatrices. Parecía un monstruo. Tal y como Ágata intuía, el rey lo había condenado a caminar a cuatro patas, con una correa alrededor del pescuezo. Estaba al servicio de los motoristas bulldogs.

Wendy también había cumplido su promesa. No podía permitir que Mary Jane Kelly, la quinta mujer asesinada por el Destripador, continuase atada con unas correas en la planta menos uno de la escuela. Había mandado desconectar el mecanismo que la mantenía aferrada a aquella terrible existencia. Ahora, por fin, descansaba.

León agarró a Ágata de la cintura y le apartó el cabello de la cara con dulzura. Observó sus ojos mecánicos y se perdió en el lento movimiento de sus engranajes. Cuando las Albinas la nombraron directora de la escuela, lo primero que hizo Ágata fue poner el edificio patas arriba. Ordenó vaciar el archivo donde se escondía la documentación de los niños amputados y le entregó a cada uno una copia de su informe.

Luego registró el despacho de Cornelia hasta encontrar los ojos. Estaban escondidos en un compartimento secreto en la pared. Y por ahora, continuaban en ese mismo lugar.

—Pensaba que los días felices no llegarían jamás —confesó León, en voz muy baja, exhalando una vaharada blanca.

Hacía mucho frío, pero ellos parecían estar muy a gusto.

—Ojalá nunca se terminen —susurró Ágata.

—¿Tienes miedo de algo?

—De la propia felicidad, supongo. Nadie que de verdad haya amado logra salir ileso, León —añadió ella, pensando en Wendy y Sophie.

Mientras, en el observatorio, la Reina Albina contemplaba un punto del globo terráqueo a través de los prismáticos. Allí estaban los padres de Ágata, luchando por regresar a esta dimensión. Para eso tenían que dar con el sastre, el hombre con la capacidad de coser y descoser el aire. Pero esa es otra historia.

Desde la puerta de la estancia, Máximo contemplaba a Wendy. Ella apartó los ojos de los prismáticos y lo miró fijamente, con sus ojos bicolores. Él sintió una fuerte picadura en el pecho. Se trataba de su corazón. En la Galería de las Albinas, Sophie sonrió una vez más.

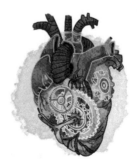